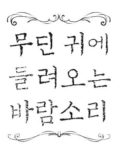

무딘 귀에
들려오는
바람소리

이연재 수필집

초판 발행 2017년 9월 10일
지은이 이연재
펴낸이 안창현 **펴낸곳** 코드미디어
북 디자인 Micky Ahn **교정 교열** 백이랑

등록 2001년 3월 7일
등록번호 제 25100-2001-5호
주소 서울시 은평구 갈현로 318-1 1층
전화 02-6326-1402 **팩스** 02-388-1302
전자우편 codmedia@codmedia.com

ISBN 979-11-86104-62-0 03810

정가 12,000원

무딘 귀에 들려오는 바람 소리

이연재 수필집

글을 쓰기 시작한 지 여러 해가 되었지만 책으로 엮을 생각은 감히 하지 못했습니다. 글쓰기와는 무관한 삶을 살아 왔지만 낙서하듯 끄적거리는 순간은 마음이 정화되었습니다. 쓰고 싶을 때마다 한풀이하듯 정직하게 써왔습니다. 글쓰기는 엄청난 모험이었지만 쓰는 동안은 뿌듯했습니다. 얼떨결에 등단하고는 겁이 났습니다. '글이 곧 사람'이라 했는데 자신이 없었거든요. 여전히 백지를 대할 때마다 막막합니다. 수필이 무엇인지는 아직도 잘 모릅니다. 그래도 처음 시작하는 마음으로 열심히 해보겠습니다.

거울 속에 비친 내 얼굴에 손을 대고는 어루만져 주었습니다. 지난한(至難)한 세월을 위로해주고 싶었습니다. 스스로가 대견스러워 머리 쓰다듬어주고 싶습니다. 여러분께서도 응원해주시리라 믿습니다.

남들처럼 살지 못한 삶을 세상에 내놓기까지 갈등이 왜 없었겠습니까. 부끄럽습니다만 무모한 행동일지라도 용기를 냈습니다.

고진감래를 실감하는 요즘입니다. 아들 며느리와 한집에 살면서 손주들의 재롱을 지켜보는 지금이 그지없이 행복합니다. 늘 곁에서 못난 어미를 지지해준 자랑스런 두 아들이 한없이 고맙고 사랑스럽습니다. 이 땅에 와서 아들들과 모자로 만나게 해주신 성모님께 감사드립니다. 부족한 시엄마를 만난 며느리들에게도 고마운 마음을 보냅니다. 저의 소중한 보물들, 찬빈·유하·태하에게도 끝없는 사랑을 보냅니다.

끝으로 편지마을 선후배님들 고맙습니다. 바쁜 중에도 책이 나오기까지 도와준 서금복 회장님께 감사드립니다. 저를 문학의 동네로 이끌어주신 은혜도 잊지 않겠습니다. 저를 알고 지켜보는 모든 분에게 머리 숙여 감사드립니다.

2017년 여름, 운정 가람마을에서

이연재

Contents

1

이제라도

2

새 출발

Contents

3 ——

글을 쓴다는 것은

4

내가 나에게

고통의 사슬에서 벗어나
너그러운 마음으로 세상을 바라보니
길가에 굴러다니는 돌멩이조차도
소중하게 여겨졌다.

1

이제라도

{ 내가 루게릭이라구요? }

"루게릭이라구요? 제가요?"

담당 의사가 루게릭이 의심된다고 했다. 맙소사! 이 무슨 날벼락인가. 언제부턴가 밥을 목구멍으로 넘길 때 좀 이상했다. 음식을 넘기는 것이 불편했다. 혈압도 높기에 걱정 모드로 접어든다. 건강염려증? 뇌막염을 앓았기 때문에 지레 불안해하는 것도 있다. 나이 들어가니 후유증이 언제 나타날까, 더 노심초사하게 된다.

매달 혈압약을 처방 받으러 동네 종합병원을 다닌다. 그 날 내게 일어난 이상 증세를 설명하니 큰 병원으로 가서 검사해보라며 소견서를 써주었다. 고맙게도 예약까지 해주었다. 공교롭게도 작은아들 결혼식 전날이었다. 작년에 인공와우 수술을 받았던 병원이다. 병원이라면 진저리치도록 싫은데도 가야만 한다. 신경외과를 찾아갔다. 상담실을 거쳐 대기실에 앉아 전광판에 내 이름 뜨기를 기다렸다. 공손하게 의자 앞에 앉았다. 이미 상담실에서 이야기했던 증세를 떠듬떠듬 다시 설명했다. 그러고는 의사 입을 뚫어지도록 쳐다보았다. 잘 들어야 하니까. 밥 먹는 시간이 길어지고 씹는 기능도 약해진 것 같다고 덧붙였다.

얼마쯤 지났나, 컴퓨터 화면을 보던 눈길을 내게로 돌리더니 느닷없이 한마디 한다. 루게릭이 의심된다고. 아니, 검사는커녕 진찰조차 안 해보고서 어떻게 진단을 내릴 수 있는 거지? 확실하지 않다만, 이라는 단서를 달긴 했지만 청천벽력이었다. 어떻게 집으로 찾아왔는지도 모르겠다.

아들은 다음 날이 결혼식이라 친구들의 축하를 받으며 기쁨에 들떠 있는데 내 상황을 어찌 알리겠는가. 밤을 꼬박 새웠다. 말라 죽어가는 처참한 내 모습이 아른거려 견딜 수가 없었다. 대성통곡을 했다. 엄마, 엄마 불러대면서. '이게 뭐야? 정말인 거야? 아니겠지?' 누가 그랬던가. 죽음이 닥치면 "그동안 잘살았다" 하면서 아름답게 죽음을 맞이하라고. 죽음을 생각했다. 물에 빠져 죽을까, 약 먹고 죽을까, 아니면 여기 13층에서 뛰어내릴까. 죽을 방법이 많다는 걸 그 밤에 처음 알았다. '아직 확실한 건 아니잖아' 라며 마음을 진정시켜보다가도 불안감으로 숨이 가빴다.

아들의 결혼식을 어떻게 치렀는지 모르겠다. 며칠 후 병원에 가서 근전도 검사를 받았다. 생소한 검사라 아플까 겁이 났다. 긴장한 채 진료대로 올라갔다. 환자를 뉘어놓고는 굵고 기다란 막대기 같은 것으로 여기저기 침을 놓고 쇠붙이로 두드려본다. 결과를 기다리는 일주일을 지옥 속에 살았다.

　오진이었다. 아들은 지금도 그런 일이 있었다는 사실을 모른다. 돌이켜 생각하기도 싫어 말하지 않았다. 그들의 진단에 따라 천국과 지옥을 오락가락하는 환자의 마음을 의사들은 알기나 할까. 절대 모를 것이다. 어쨌거나 다행이다. 원망보다는 안도의 한숨이 먼저 튀어 나왔다. _ 2015

{ 사라진 고향 }

　　　　백로를 앞두고 찬바람이 분다. 무지막지한 폭염도 기세가 꺾였다. 추억은 뒤로 가는 여행이라 했던가. 고향의 추억 속으로 빠져들 때가 많다.

　어린 시절, 방학이면 어머니는 내 손을 잡고 청량리역으로 갔다. 나를 덕소에 있는 고향으로 보내기 위해서였다. 사촌까지 합세한 재산 싸움 끝에 진저리치며 손 털고 나왔지만 나는 엄연히 그 집 자손이란 생각에 서였는지, 초등학교 입학 후로는 방학마다 그곳으로 보냈다.

　"네 오빠한테 가서 학비 달라고 해!"

　초등학교 학비라는 것이 얼마라고, 지금 생각하면 어이없기도 하지만 그 한 마디에는 어머니의 한이 응축되어 있었을 수도 있겠다. 덕소행 버스를 기다리며 반드시 정미소 앞에서 내려야 한다고 누누이 강조하셨다. 그래도 미덥지 않은지 운전기사 뒷자리에 앉히고는 기사님께도 신신당

부하셨다.

"쟤 좀 꼭 정미소 앞에서 내려 주세요."

나는 마을에서 가장 큰 기와집으로 당당하게 들어섰다. 사촌 오라버니 한 분이 고향을 지키고 있었다. 내 형제들은 캐나다로 미국으로 뿔뿔이 흩어져 살고 있다. 사촌이 아버지의 재산을 관리해주고 있었던 듯하다.

사촌 올케언니는 어머니 연배로 서로 잘 통했던 것 같다. 어린 사촌 시누이를 친딸처럼 위해주었다. 자신의 딸이 어려서 죽었다고 했다. 딸 이름이 '따따'였다며 내게도 그 호칭을 썼다. 대학생이던 큰조카는 방학이라 집에 와 있었는데 어린 내게 항렬대로 '아줌마'라 부르며 놀렸다. 겨울이면 큰조카에게 민화투를 배웠다. 화롯불에 밤을 구워 먹으며 '팔뚝 때리기'나 '십 원 내기' 화투를 쳤다. 방학 숙제는 뒷전이고 맨날 쏘다니기 바빴다. 머슴 아저씨는 나를 무동 태우고는 다른 조카들과 또래들을 데리고 논둑길과 밭길 사이로 종횡무진 휘젓고 다니며 놀아주었다. 한번은 아저씨가 어느 밭에서 감자를 캐어 줘서 먹었다. 집 마당으로 들어서자 오빠의 불호령이 떨어졌다.

"남의 밭에서 감자를 캐 먹은 도둑놈 아니냐. 누구네 가문을 망치려고 하느냐."

아저씨는 잘못했다고 무릎까지 꿇고 비는 데도 오빠는 종아리를 사정없이 내리쳤다. 이듬해 방학에 갔을 때는 아저씨가 병들어 있었다. 새벽마다 소여물을 끓이는 등 온갖 궂은일을 도맡아 했었는데. 그다음 해에 갔을 때는 산등성이에 묻혔다기에 묘를 찾아갔다. 잠시는 슬펐지만 어렸던 나는 바로 잊고는 여전히 잘 놀았다.

개학을 앞두고 집에 올 때 큰오빠는 두툼한 봉투를 주시곤 했다. 그 봉투를 어머니께 갖다 드리면 받아들면서 한마디 하셨다.

"그래도 지 핏줄은 아누만."

오라버니의 위세는 굉장했다. 나는 동네 어디든 가서 돌아가신 아버지 성함만 대면 후한 대접을 받았다. 제삿날에는 온 마을 잔치 같았다. 아주머니들은 광에서 놋 제기들을 꺼내와 볏짚으로 반질반질 윤이 나도록 닦았다. 난 지루하게 지켜보았다. '어서 음식을 만들어야 애들한테 나눠줄 텐데' 하면서. 제사를 마치면 마당 한가득 사람들이 모여들어 양껏 먹고 마셨다. 자던 애들까지 일어나서는 잠결에도 잘 먹었다. 참 풍요롭고 좋은 시절이었다.

다시 고향을 찾은 것은 남편이 투병 중일 때였다. 당시 나는 지쳐 쓰러질 지경이었다. 남편과 둘이 공기 좋고 풍광 좋은 곳으로 들어가 호젓하게 살고 싶다는 생각이 간절해지면서 고향을 떠올렸다. 설마 내가 살만한 집터 한 귀퉁이 없을까 해서였다.

몇십 년 만에 찾은 고향은 허허벌판이었다. 망연자실했다. 고향 집이 어디쯤인지 가늠조차 되지 않았다. 도심 곳곳에 재개발이 한창이었지만 설마 그곳까지 개발의 붐을 타리라고는 짐작도 못 했다. 아깝고 안타깝고 허무했다. 어쩜 이럴 수가 있나, 흔적도 없이. 세상에 영원한 건 없다지만 내 고향만큼은 남아 있길 바랐던가. 이제 꿈속에서나 그려볼 고향이다. 고향의 추억이 풍성한 것만도 어디냐고 허탈한 마음을 억지로 달래면서 집으로 돌아왔다. _ 2005

{ 새 소리 }

"엄마! 새 소리 기억나요?"

"그럼, 기억나지."

며칠 전 큰아들과 친척 상가에 다녀오는 길이었다. 돌아가신 분은 착하고 무던한 아들과 며느리와 아내의 보살핌까지 받으면서 잘 지내왔다. 팔순이 넘었어도 정정하던 육촌 아저씨다. 동네 어른들은 호상이라며 그분의 생전 일들을 웃으면서 주고받았다. 여느 상가와는 달리 어둡지 않은 분위기였다. 인간의 생사길흉은 어떤 말로도 설명할 수 없는 불가사의한 일이다. 죽음은 애통하지만 나는 내세를 믿기 때문에 슬퍼하지 않았다.

잠시 무념에 빠져 있던 나는 아들의 돌연한 질문에 자세를 곧추세웠다. 버스는 산을 끼고 좁은 산길을 달리고 있었다. 왼쪽으로는 군데군데 코스모스가 피어 있었다. 아들은 가까운 곳에서 청아한 새 소리를 들었나보다. 말없이 옆자리에 앉아 있는 엄마가 딱해보였을지도 모른다. 제 딴에는 무슨 말이든 시켜서 신경을 다른 곳으로 돌리고 싶었을까. 나는 다시 힘주어 말했다.

"기억하고말고."

'새 소리가 정말 기억나니?'

자문해봤다. 아니다. 가슴 밑바닥에 앙금 같은 소리 저편으로 숨어버린 새 소리는 아무리 용을 써도 기억나지 않았다. 그렇다고 아들한테 사실 대로 말하기도 싫었다. 아들이 느낄 감정도 두려웠지만 자신이 너무 속 상하고 슬퍼졌기 때문이다. 한 번도 들어보지 못한 아들의 목소리. 남편 의 목소리는 어떨까? 도리질을 하는 나. 그저 마음으로 듣고 있었을 뿐이 었다. 소리를 듣는 것처럼 착각하고 있었던 것이다.

고교 시절 뇌막염을 앓은 후 청력을 잃었을 때, 어둠의 동굴 속으로 굴 러떨어졌고 그곳에서 빠져나오기까지 눈물의 세월을 보냈다. 듣지 못하 는 절망감은 극에 달했다. 고통은 잠시도 내 곁을 떠나지 않았고 늘 죽음 의 그림자에서 헤어나지 못했다. 그 와중에도 나는 살아야만 했다. 얼마 나 덧없는 인간의 삶인가. 나의 한탄도 제풀에 시들었다.

체념할 수밖에 없는 현실. 나는 비로소 장애를 받아들였다. 비극적인 운명에서 허우적대기만 할 수는 없었다. 벗어나야만 했다. 스스로 깨어나 바라본 세상은 따뜻했다. 고집스럽게 외면하던 세상은 대체로 관대한 편이었다. 어차피 인간은 주어진 여건대로 살아갈 수밖에 없지 않은가. 일체유심조一切唯心造이니 마음을 바꾸기로 했다. 가족이 곁에 있지 않는가. 가족이 희망이다.

'밤이 오고 불이 켜진 다음에야 가로등이 있다는 것을 알았다'고 했듯이 무언으로 곁을 지켜주는 남편과 자식들은 삶의 기둥이자 버팀목이었다. 고통의 사슬에서 벗어나 너그러운 마음으로 세상을 바라보니 길가에 굴러다니는 돌멩이조차도 소중하게 여겨졌다. 이제 날마다 자라나는 사랑을 껴안으며 이만큼이라도 살게 해주신 하느님께 감사하고 싶다. 새소리가 청량하게 마음속으로부터 나지막하게 들려오기 시작했다. _ 2002

{ 이것이 인생이다 }

　　지난해 11월 9일 KBS 프로그램 '이것이 인생이다'에 출연했다. 나의 굴곡진 인생이 전파를 탄 것이다. 암울했던 삶의 한 단면이자 안개 숲을 헤매던 때의 자화상이다. 뇌막염으로 청력을 잃고 하루아침에 청각 장애인이라는 굴레를 뒤집어쓰고 살아온 반세기의 삶과 결혼 생활까지 적나라하게 펼쳐놓았다. 남편이 바람을 피워 따로 살림을 냈다가 8개월 만에 돌아온 일도 있다. 큰아들은 여덟 살 때 나와 만나 이십여 년을 동고동락하다 결혼해서는 자식을 낳았다. 남편이 바람피웠을 때 이혼을 생각했었다. 그런데 이 아들이 떠나지 말아 달라고 애원하는 바람에 차마 뿌리치지 못하고 눌러앉았다. 아들이 결혼해서 손주를 내 품에 안겨주기까지의 인생 역정이 드라마로 영상화되었다. 비탄 속을 가까스로 헤집고 나온 슬픈 곡예사 같은 인생이었다.

　　방송을 탄 후에 많은 사람들한테 연락이 왔다. 오래전에 소식이 끊겼던 친구들, 예전 직장 동료 등. 심지어 신혼 때 주인집이었던 언니한테까지 보고 싶다는 기별이 왔다. 매달 한 번씩 드나드는 병원 간호사들도 알은 체를 해왔다. 여러 지인들과의 감격적인 해후였다.

　장애로 인해 헤어날 수 없는 절망으로 내 인생은 나날이 오그라들었다. 어디에도 기댈 곳이 없었다. 인생은 좋은 일과 나쁜 일이 뒤섞여 있다고 했다. 자신의 소원을 다 이루고 사는 사람이 과연 얼마나 될까. 너무 비관만 하지 말자고 내 마음을 다독이기 시작했다. 앞으로 어떤 인생의 복병을 만나도 기꺼이 받아들이기로 했다. 인간은 어떠한 역경 속에서도 살아가게 마련이니까.

　선천적 장애와 후천적 장애의 차이가 크다고 생각한다. 어찌 되었든 장애를 안고 살아간다는 것은 말할 수 없이 불편하다. 어떤 위로도 소용없다. 혼자 고스란히 떠안아야 할 운명이다. 망망대해에 홀로 내동댕이쳐진 듯한 고립감에 서러웠다. 삶이 자주 흔들렸다. 죽음의 유혹은 달콤하고.

　나는 장애를 받아들여야만 했다. 두려운 건 육체적 장애로 인해 정신까지 병드는 것이었다. 기구한 운명이라고 한탄만 하다보면 인생은 더 꼬일 것이다. 때로는 한숨이 나겠지만 이전의 한숨과는 다를 것이다. 마음 바꾸기가 그렇게도 힘들었던 것. 이제 좀 누그러지고 진정되었다. '이것이 인생이다'에 출연할 용기까지 냈으니까. 고통의 부피만큼 지혜도 깊어질 것이다. 하늘을 올려다본다. 하늘도 맑았다 흐렸다 하듯이 나 또

한 울다 웃기를 반복하면서 하루하루 살아갈 것이다. 지금까지 그래왔듯이. 이것이 인생이니까! _ 2004

{ 이제라도 }

　　재수가 없으면 뒤로 자빠져도 코가 깨진다던가. 넘어지면서 접질린 손가락뼈가 부러졌다. 3주일 동안이나 깁스 후 풀어낸 손은 요지부동으로 다섯 손가락이 굳어 있었다. 손가락을 펴기 위하여 수시로 쥐었다 폈다 하는 운동을 해야만 했다. 잠시라도 한눈팔면 그야말로 막대기가 되어버린다. 뜨거운 물에 덴 듯 화끈거리는 통증도 견디기 힘들었지만 굵은 철사가 구부러지는 것 같은 이질감에 불쾌하고 괴로웠다. 병원 문턱을 닳도록 드나들면서 늙어간다는 것을 실감한다.

　　텔레비전을 시청하면서도 탤런트 이름이 생각나지 않는다. 머리를 쥐어짜 봐도 소용없다. 반찬을 만들다가도 마늘을 가지러 베란다에 나갔으면서도 내가 왜 여기 왔지? 하며 서성댄다. 치매 전조증상인가 싶어 절망스럽다. 거울은 보지 않는 편인데도 오늘은 무심코 들여다보았다. 눈가에는 주름투성이다. 볼살은 움푹 패어 있고 목주름은 볼품없이 처져 있다.

텔레비전이나 보자고 리모컨을 찾는다. 대낮 재방송으로 주부들이 즐겨보는 프로그램이 나온다. 방청객들이 둘러앉은 가운데 커다란 챙이 달린 모자로 얼굴을 가리고는 뒷모습만 보인 여자가 신상 문제를 털어놓고 해결을 구한다. 자식을 데리고 재혼했는데 자식이 자랄수록 전남편의 모습이라 밉다고 한다. 지금 남편은 아이한테 잘해준다고 했다. 아이만 없으면 자신은 더 행복할 것 같다면서 이 일을 어떻게 하면 좋겠느냐고 한다. 정신과 의사와 법률 자문인의 발언을 이해할 수가 없었다. 기분이 상한 나는 속엣말로 퍼붓는다.

'네 행복에 자식이 거치적거린다면 너 혼자 살면 될 게 아니냐고.'

한낮의 무료함을 달래지 못하고 갈팡질팡하는 중에 작은아들이 학교에서 돌아왔다.

두 팔을 벌리고 아들한테 달려갔다. 아들은 목에 힘을 넣더니 퉁명스럽게 말한다.

"엄마, 나도 이제 생각하는 머리가 굵어졌고요. 어린애가 아니에요."

어린아이한테나 하는 짓을 삼가라는 뜻이렷다. 점잖은 눈으로 일별하고는 컴퓨터 앞에 가 앉는다. 거부당한 아양이 민망했다. 내게는 여전히 어린 아들인 것을. 괘씸한 생각에 퍼부었다.

"이놈아, 학교에 다녀왔으면 엄마한테 인사하는 게 기본 아니냐. 엄마를 무시해도 유분수지 어디서 배운 못된 버릇이야. 들어서자마자 컴퓨터 앞에 앉을 게 아니라 그 시간에 공부를 더 해봐라. 실력이 얼마나 늘겠냐."

열나게 떠들다 보면 '자녀 교육 십계명' 따위도 뭉개져 버린다.

내 방으로 돌아온 나는 문득 쓸쓸해진다. '품 안의 자식'이라더니 아이는 어느덧 자라서 간섭이나 보호에서 벗어나고 싶은 것이다. 스스로의 힘으로 날아보려 날갯짓을 시작한 건데 대견스러운 반면 두렵기도 하다.

떠나보낼 준비를 해야겠다. 언제까지 끼고 살 수는 없으니까. 자식에 대한 의무도 끝나간다. 이제부터는 내 인생을 살아봐야지. 운명에 저항하며 발버둥 칠 때는 고통스러웠으나 순응한 후로는 편해졌다. 자식 때문에 웃고 자식 때문에 울고 했던 수많은 날들. 이제라도 온전히 나를 위해 살고 싶다. 늦지 않았다. _ 2002

{ 인공 와우 수술을 앞두고 }

인공 와우 수술이란 내이(귀는 외이, 중이, 내이로 구성되어 있다)의 손상으로 인해 고도의 감각 신경성 난청이 된 환자에게 청신경의 전기 자극으로 청력을 제공해주는 장치다. 달팽이관 내에 남아 있는 나선 신경절 세포나 말초 청신경을 직접 전기로 자극해 대외 중추에서 소리를 인지하도록 하는 것이다. 인공 와우 이식은 보청기를 착용해도 청력의 도움을 받지 못할 경우에 가능하다.

뜻밖에도 청력 검사에서 오른쪽 귀 청신경이 살아있다는 결과가 나왔다. 수술의 금기가 될 만한 내과나 신경 정신과적으로 문제가 없다고 CT나 MRI 상으로 판명되어야 수술을 할 수 있다. 심장 검사를 할 때는 얼마나 두려웠는지 모른다. 몸속으로 들어가는 주사액은 후끈한 물속으로 들어가는 느낌이었다. 내가 왜 이런 고통을 겪어야 하는가. 남들은 정상적으로 잘 살아가는데 왜 나는 청각장애인으로 이런 검사를 받으며 고통에

신음하는가. 내 처지가 서럽고 아들한테는 미안했다. 아무리 나이 들어도 어미에게 아들은 어린 자식인 것을. 미어터지는 설움에 겨워 훌쩍이며 아들과 문자를 주고받았다.

〈상욱아, 이쯤에서 그만두면 안 될까? 너무 힘들고 무서워. 돈도 많이 들 거고.〉

〈엄마! 잘 하다가 왜 그래? 돈 때문에 그런다면 돈 걱정은 절대 하지 말아요.〉

아들의 문자에 왈칵 눈물이 쏟아졌다. 병실로 데려다줄 안내원을 기다리는 중이었다. 검사 비용도 만만찮게 들었지만 수술비용은 수천만 원을 예상하니 마음이 천근만근이었다. 모든 수술이 그렇듯이 수술은 합병증이 생길 수도 있다. 수술 후에 기대만큼이나 청력에 도움이 될지도 미지수다. 오랫동안 와우기(매핑) 조율을 받아야 하고 언어 치료 등을 꾸준히 받아야만 한다.

엄마의 귀가 들리게 되면 아들은 해보고 싶은 게 많다면서 희망에 부풀어 있다. 방에서나 거실에서 엄마 불러보기, 전화 통화하기, 아들 결혼 때의 행진곡과 손주들 목소리 들려주기, 함께 영화 보기 등. 나도 꼭 수술이 성공하여 아들의 소원을 들어주고 싶다. 잘 되리라 믿는다. _ 2014

{ 인공 와우 수술 후 }

퇴근길, 정류장에서 버스를 기다리고 있을 때였다. 버스가 오는 방향만 바라보고 있는 나에게 누가 말을 거는 것 같았다. 고개를 돌려보니 곱게 차려입은 노부인이 버스 노선을 묻는 것이었다. 나는 매핑 인공와우기계를 귀에 걸고 있었다.

"서울로 나가려면 몇 번 버스를 타야 하나요?"

그 버스를 타려면 몇 번 버스 타고 세 정류장 가서 몇 번 버스로 환승한다고 대답하고는 상대방의 반응을 살펴보니 머리를 끄덕인다. 알아들었나보다. 그때 저쪽 옆에 앉아 있던 사람이 아는 체하며 나선다. 한 정류장만 가서 내려 갈아타도 된다고. 그 말도 맞지만 길 건너서 좀 걸어가야 하는 번거로움이 있다.

"나랑 같이 내려요. 내가 잘 아니까요."

달리는 버스 안이라 최대한 크게 또박또박 말하니 금세 알아듣고 고개를 주억거린다. 하차하면서 버스 도착 안내 시스템을 올려다보니 '잠시 후'라고 뜬다. 그분께 버스가 잠시 후에 온다고 일러주니 고맙다고 한다. 기분이 좋았다. 드디어 소리로 통한 것이다.

나는 반평생을 듣지 못하고 살아왔다. 상대방의 말을 알아듣지 못하니 차츰 말을 잃어가면서 음성도 어눌하게 변했다. 내가 하는 말을 상대방이 알아듣기 힘드니 자꾸 되물었다. 내 발음만으로도 청각장애라는 걸 단번에 알아차렸다. 그런데 길을 물었던 노부인이 바로 알아듣다니! 꿈만 같다.

수술을 받고 많은 소리를 찾았다. 자동차 소리, 박수 소리, 웃음소리, 핸드폰 소리 등. 심지어 옆 사람의 코 푸는 소리와 기침 소리에 깜짝 놀라기도 한다. 매미 소리도 들을 수 있다. 말 배우는 손녀의 '아빠' '맘마' '엄마' 소리가 황홀하게 들려온다. 손녀의 우는 소리조차도 감격스럽다.

아직은 사람의 음성이 또렷하지 않고 웅얼웅얼 들려서 핵심을 잘 찾아내야 한다. 주 1회 언어교육을 받고 있다. 말을 천천히 하려고 노력 중이다. 길을 걸을 때도 주변에 아무도 없으면 큰소리로 노래 부른다. 잘 듣기까지는 시간이 걸리겠지만 이만큼이라도 어딘가. 감사하다. 거금을 들여 내 귀를 열어준 아들의 큰사랑에 뭉클한 요즘이다. _ 2014

{ 잡초 같은 인생 }

오랜만에 연휴를 맞았다. 한적한 곳에 가서 푹 쉬고 싶다는 생각이 간절했다. 긴 투병 끝에 내 곁을 떠난 남편. 그의 죽음을 받아들이지 못하는 중이었다. 실감이 나지 않고 허허로운 마음을 주체할 수가 없었다. 혼자 떠나본 적이 없는 내가 찾아갈 곳은 절친한 후배 집밖에 없다. 동서울터미널로 향했다.

그 마을 산천은 언제나 변함이 없다. 철 따라 작물의 종류들만 달라질 뿐 한결 같은 풍광이 내게는 친숙하다. 바람도 달디 달다. 초록이 무성한 초여름이다. 다음 날, 새벽 공기를 쏘이러 일찌감치 집을 나섰다. 밭일 하느라 고된 후배의 단잠을 깨울까봐 살금살금 빠져나온다. 농촌에서 맞이하는 청량한 바람으로 마음도 시원해진다. 살아 숨 쉬고 있다는 사실에 감격하기도 한다. 남편이 걸린다. 누릴 것이 이토록 많은 세상을 두고 어찌 그리 서둘러 가버렸는지.

앞산을 올려다본다. 어머니의 치마폭처럼 포근해 보인다. 나를 감싸 안으며 잘 왔다고, 수고했다고 토닥이는 듯하다. 어둠은 걷히고 아침이 열렸다. 운무도 걷히었다. 자연의 조화가 신비롭다. 신선한 공기에 나를 내맡긴다. 신록 속에서 그저 걷는다. 중국 내몽골에서 불어 닥친 황사에 뒤덮였던 산야가 어젯밤 내린 비로 산뜻해졌다. 밤새도록 생명수를 받아 마신 식물들이 싱싱하게 살아났다. 논둑의 명아주, 냉이, 쑥 등 이름 모를 잡초들까지 한 뼘쯤은 자랐으리라.

어진 후배를 둔 덕분에 해마다 봄이면 쑥떡까지 선물로 받는다. 바람에 날아갈 듯 가녀린 몸 어디에서 그런 에너지가 솟아나는지 쉬지 않고 움직인다. 쑥떡 재료를 방앗간에 보내놓고 콩밭으로 향하는 후배를 따라나섰다. 끝이 보이지 않을 정도로 광활한 콩밭이다. 나도 거들겠다며 밀짚모자 쓰고 몸뻬바지까지 갖춰 입었으나 만만한 일이 아니라는 걸 바로 알아차렸다. 뙤약볕에 살이 타는 듯 비명이 절로 튀어나왔다. 결국 도망쳐왔다. 콩밭의 잡초는 질기고 질겼다. 그 왕성한 생명력이라니. 모든 잡초는 힘이 세다. 뽑고 또 뽑아도 돌아서면 솟아난다. 짓밟혀도 곧 일어서고야 만다.

잡초를 뽑으면서 하릴없이 인생의 행로를 돌아보니 잡초 같다는 생각이 든다. 어떻게 그 세월을 견디며 살아왔는지. 잡초의 근성으로 버티어냈으리. 잡초 같은 인생이면 어떠랴. 앞으로도 굳세게 살던 대로 살아갈 참이다. _ 2012

진심어린 위로의 말이나 미소 또한
진정한 나눔이라는 것을 경험으로 알고 있다.
혼자 버둥거리다 주저앉고 싶을 때
손 잡아준 교우들과 이웃들의 친절이
나를 일으켜 세우지 않았던가.

2

새 출발

{ 경찰서에 다녀오다 }

　　장맛비가 세찬 바람을 동반하고 줄기차게 내리던 날 아침이었다. 온몸에 스며드는 습기로 눅눅해진 기분은 출근 시간이 촉박한데도 늑장을 부리게 했다. 먼저 출근했던 남편이 느닷없이 현관으로 들어서며 돈 있냐고 물어왔다. 가슴이 덜컥 내려앉았다. 접촉사고라도 났나 싶어서였다. 게다가 외박한 적도 없던 큰아들이 전화도 없이 간밤에 들어오지 않았다. 어쩐지 불안해서 안절부절못하고 있던 참이었다.

　　아들이 어떤 사람을 때려서 경찰서에 있다고 했다. 합의금을 갖고 가야 한단다. 얻어맞거나 다친 곳이 없다니 그나마 다행이었다. 곧 서른 살이 될 아들이었다. 마음도 여린 녀석이 얼마나 화가 났으면 상대방을 쳤을까. 한편 아들의 일탈이 신선한 충격으로 다가왔다. 지나칠 정도로 겸손하고 느긋한 아들은 말썽 한 번 피운 적도 없는 모범생이었기 때문이다.

　　경찰서는 위압적이고 경직된 분위기라 상상만으로도 위축되고 거부감이 드는 곳이다. 실내는 음습하고 서늘했다. 조사실 문 앞, 살짝 열려있는 문 사이로 형사와 마주 앉은 아들의 뒷모습이 보였다. 하룻밤 사이에 아들의 얼굴은 초췌하고 차림새도 추레하게 변해 있었다. 콧등이 시큰거리며 울컥했다. 낯설고 불편한 자리에 앉아있는 아들이 안타까웠다.

아들은 형사 앞에서 눈을 똑바로 뜨고는 당당하게 사실을 설명하고 있었다. 이전에 보지 못했던 아들의 태도가 생뚱맞아 보였다. 옆자리 남자는 사십대 정도로 볼썽사나운 몰골로 앉아있었다. 술이 덜 깬 듯했다. 아들에게 연유를 물었다. 잠자코 앉아있던 옆자리 남자가 눈을 치뜨면서 아들 때문에 자기 혓바닥이 잘렸다고 큰소리를 쳤다. 나는 형사에게 눈길을 보냈다. 형사는 손가락을 머리 옆으로 올려 동그라미를 그리며 이상한 사람이라는 시늉을 취하더니 자리를 피했다.

친구들과의 술자리에 그 사람이 와서는 머리에 피도 안 마른 것들이 술을 마신다면서 시비를 걸어왔단다. 친구들이 우리도 성인이라고 아무리 설명해도 막무가내로 나오니까 아들이 홧김에 살짝 밀쳤다고 한다. 취중에 중심 못 잡고 벽에 부딪치면서 혀가 깨물렸나 본데 그걸로 혀가 잘렸다고 손해배상을 요구하는 중이라고.

기가 찰 노릇이지만 어쩔 없었다. 삼십만 원에 합의를 보았다. 삼백만 원이 아니라 다행이라고 다독거렸지만 아들은 자기가 잘못한 것도 없는데 분하다며 두 주먹을 불끈 쥔 채로 씩씩거렸다. 나는 타일렀다.

"네가 먼저 손댄 건 사실이잖니? 저 사람은 일부러 그런 기회를 노렸다가 다가와 시비를 걸었을 테고. 요즘 그렇게 돈 버는 사람들도 있다더라. 너는 재수 없이 걸려든 거야. 합의를 안 봐주면 네 호적에 빨간 줄이 올라갈 수도 있어."

형사는 맞고소를 하겠냐고 물었다. 나 역시 억울하고 분하지만 하지 않겠다고 했다. 아들을 데리고 나오는데 형사가 한 마디 툭 던진다.

"길 가다 돌부리에 걸려 넘어졌다고 생각하세요."

'아들아, 좋은 경험을 했다 생각하자. 세상 살면서 어찌 좋은 일만 있을 수 있겠니. 오늘같이 분한 일도 있지만 이런 경험을 통해 대처하는 방법도 알게 되는 등, 그만큼의 지혜 또한 자랄지니….'

아들의 심중을 알기에 마음속으로만 충고하며 경찰서 문을 나섰다. 밤새 내리던 비도 그쳤다. 진회색 구름 사이로 아침 해가 둥실 떠오르고 있었다. _2003

{ 권고사직 }

"사정은 딱하지만 위에서 내려온 지시라…."

각오는 하고 있었지만 막상 당하고 보니 머릿속이 하얗다. 사무실로 들어서는 순간 시원하게 느꼈던 에어컨 바람까지 역류한 듯 후텁지근하다. 온몸의 맥이 풀리는 느낌이다. 남편은 뇌병변 환자로 노동력도 없는데 나까지 백수가 되어야 하다니.

회사 규칙을 어긴 건 나였으니 할 말도 없긴 하다. 남편의 뇌수술로 입원할 때 회사에 사유서만 제출했더라도 막다른 골목까지 내몰지 않았을 것이다. 동정받기 싫어서 그냥 지나친 것이 이런 결과를 가져왔다. 첫 수술에서 성공만 했더라도 이 정도까지 오지는 않았을 것이다. 권고사직서에 사인을 했다. 회사를 나오며 뒤돌아보았다.

어디서나 문제는 돈이었다. 매일 지불해야 하는 간병비도 만만치 않았다. 내 하루벌이보다 하루 간병비가 더 많았다. 그 비용을 줄이기 위해 이십 시간 간병인을 열 두 시간으로 줄였다. 그러다 보니 회사에서 병원으로 출퇴근을 해야만 했다. 간병인과 교대하다 보니 사생활도 없어졌다. 씻는 거야 병원에서 대충 해결하지만 옷을 갈아입으러 집에 들를 여유조차 없었다. 밥해 먹을 시간도 없어 굶다시피 했다. 다른 가족은 너무 멀리 있었다. 예기치 못한 불행을 누구에게도 알리고 싶지 않았다.

간병인은 아침 여덟 시에 출근한다. 나는 여덟 시까지 출근해야 하고. 삼십 분 지각해야 하는 상황이다. 하루 이틀도 아니고 어느 회사가 봐주겠는가. 결국 나는 무단 지각생으로 낙인찍힌 것이다. 천근만근 무거운 짐을 지고 허우적대다 보니 극심한 피로감에 죽을 맛이었다. 탈진 상태에 이르렀다.

어찌해야 하나. 아파트 관리비에 대출이자, 아들 학자금과 만만찮은 생활비 등을. '내 코가 석 자'라더니 남을 위한답시고 너그러운 척 마음 썼던 일들도 빛 좋은 개살구였던 것 같다. 삶의 고비마다 고통이 나를 잡아채고 놓아주지 않아도 안간힘을 다해 여기까지 왔는데. 눈물이 흐른다. 죽음의 그림자가 나를 삼켜버릴 것만 같다.

큰아들은 결혼했으니 다행인데 고3인 작은아들은 어쩌나. 저 지경이 되어버린 남편은 또 어떡하지? 이날까지 큰 욕심을 부려본 적도 없건만 어쩌다가 이 지경까지 왔는지. 직장을 잃는 것이 이토록 큰 두려움일지 몰랐다.

천태만상 군상들 틈바구니에서 살아보겠다고 버텨냈던 나의 삶이 허무하다. 삶의 의미는 뭔지. 의미야 있든 말든 우선 털고 일어나야만 한다. 자괴감에 빠지고 절망할 여유조차 없는 현실. 누가 대신 해결해주겠는가. 결국 내 몫인 것을. 마음을 다잡아야지. 중언부언 자문자답하다 보니 그래도 견딜만하고 편안해졌다.

엎어진 김에 일단은 쉬고 봐야지! _ 2005

{ 그리운 어머니 }

어버이날이다. 아침나절 큰아들 내외가 손주를 데리고 다녀갔다. 나는 손주 녀석이 귀여워 볼이라도 만져보고 싶은데 오랜만에 보는 낯선 얼굴이 두려운지 울기만 하다 갔다. 서운하지만 어쩔 도리가 없다.

쉰이 넘은 나이라도 어머니가 그립다. 가신 지 삼십여 년 세월이면 잊힐 만도 하건만 오늘따라 사무치게 보고 싶다. 머리카락 한 올 흐트러짐 없는 쪽 찐 머리에다 늘 한복을 입은 단아했던 내 어머니. 세월이 아무리 흘러도 생생하게 떠오르는 모습. 길을 걷다가도 또래의 어르신을 보면 가던 길 멈추고 돌아보게 된다. 저분이 내 어머니라면 얼마나 좋을까. 하늘을 올려다보기도 한다. 온화한 눈빛으로 나를 내려다보실 것 같아 나직이 '엄마' 불러보곤 한다.

어머니는 유복하고 뼈대 있는 집안의 막내딸로 태어났다. 그 시절에도 신식 교육을 받았다. 자란 환경 덕분인지 어질고 조신한 분이었다. 그런

분이 서른일곱 나이에 청상이 되었다. 그 후 우리 아버지와 재혼하셨다. 아버지와의 재혼이 싫었는데 외삼촌이 적극적으로 나서서 성사시켰다고 한다. 당신보다도 나이 많은 전실 자식들에다 아버지 연세도 많아서 내키지 않았다고. 외삼촌은 아버지가 재산이 많은 지역 유지로 그 정도면 누이동생이 걱정 없이 잘 살 거라 믿었을 것이다.

오래지 않아 어머니는 다시 혼자가 되었다. 재산 싸움 중에 전실 자식들보다도 오히려 내 사촌들로부터 더 고통을 받았다고 한다. 재혼한 남편마저 몇 년 만에 사별하고는 빈손으로 나온 어머니. 어머니는 하나밖에 없는 자식인 나를 끔찍이 사랑하셨다. 외삼촌은 어머니의 든든한 후원자가 되어주었다. 지금 내 오빠가 나에게 하는 것처럼. 팔자도 닮는 걸까. 어머니 인생과 내 인생이 닮은꼴 같다.

어머니의 유일한 희망은 나였다. 내가 선생님이 되었으면 좋겠다고 했다. 교육자였던 사촌들의 영향을 받았을 것이고 당시에도 선생님을 선망하는 사람들이 많았던 것 같다. 나는 어머니 덕분에 호의호식했다. 그러나 치명적인 병으로 운명의 갈림길에 섰다. 어머니의 소원을 들어줄 수 없게 되었다. 운명을 비관한 나머지 가출이라는 극단적인 행동으로 어머니 가슴에 비수를 꽂고 말았다. 평생의 회한으로 남아 있다.

지금도 혹독한 시련에 부딪힐 때마다 하늘이 나를 버렸다고 비관하고 어머니를 부르며 오열한다. 세상에 없는 어머니에게 떼쓰며 울 때도 많았다. 어머니는 단 한 번도 당신의 얼룩진 삶의 구구절절 푸념조차 한 적이 없는데. 당신의 몫으로 담담하게 받아들였던 것 같다. 그런데도 나는 세월이 가도 어머니의 상처를 되새김질하며 형제들을 향한 반감을 버리지 못했었다. 어머니의 세월이 너무 가여워 목이 메어온다. 그들의 표현대로 지나간 개인사이고 인생의 한 단면일 뿐인 것을. 지금은 형제애를 나누며 잘 지내고 있다.

어머니의 사진을 들여다본다. 한여름 옛집 연못가에서 하늘색 갑사 한복을 입고 있는, 사진 속의 어머니는 늘 웃고 계신다. 평생 갚지 못한 불효를 자책하는 나를 보며 괜찮다고, 애타는 마음 내려놓고 웃고 살라며 토닥토닥해 주신다. 그리운 나의 어머니! _ 2004

{ 노을 }

봄의 햇살이 어느덧 꼬리를 감추었다. 퇴근길에 습관적으로 우편함을 열어본다. 그래 봤자 신용카드대금, 핸드폰 사용료, 아파트 관리비 등 각종 청구서일 뿐이지만. 여느 때와 달리 그날은 우표 소인이 찍힌 편지봉투가 눈에 띄었다. 친구의 편지다. 반가우면서도 마음이 시려온다.

친구를 만난 것은 작년 봄, 암 전문병원에서 자원봉사 할 때였다. 탈의실에서 옷을 갈아입고 있는데 같은 조組의 언니뻘 되는 분이 내 이름을 묻는 환자가 있다면서 가보라고 했다. 그 병실은 지난주에 임시로 배치됐던 곳이다. 이유도 모른 채 가슴이 덜컥 내려앉았다. 내가 뭘 잘못했나?

긴장한 마음에 병실 문을 노크한다는 것이 그만 화장실 문을 두드렸다가 실소하며 병실 문을 열었다. 침대로 다가서며 슬쩍 환자의 이름을 살폈다. 비스듬히 누워 독서 중이던 환자의 얼굴이 어쩐지 낯익다는 느낌이 들었다. 아, 생각났다. 온몸에 전율이 흘렀다. 생전에 단 한 번만이라도 보고 싶던 어린 시절의 친구였다. 민머리였지만 이목구비가 수려하고 야무져보이던 모습 그대로다.

그녀는 유방암 환자였다. 반가우면서도 당혹스럽다. 잔잔한 미소에 조용한 눈빛으로 망연히 나를 올려다보았다. 한쪽 유방을 절개해야 했던 그녀의 고통을 어떤 말로 위로해야 할지, 참담한 심정이었다. 얼마나 놀라고 두려웠을까. 친구의 얼굴을 감싸 안으며 복받치는 감정에 오열했다. 그녀는 내 등을 두드리며 오히려 나를 달랬다. 삼십여 년만의 해후였다. 늘 함께였던 우리는 각각 다른 고등학교로 진학하면서 헤어졌다. 내게 닥친 변고變故로 멀리 떠나면서 친구와도 소식이 끊겨버렸다.

그녀와는 달리 내 성격은 급한 편이고 거친 면도 있다. 친구가 놀림이라도 받을 때면 내 손이 먼저 튀어나갔다. 여자애면 사정없이 머리끄덩이를 잡아챘으며 사내애면 정수리를 쥐어박았다. 무조건 친구를 감싸고 편들었다. 반면 친구는 성품이 온순하고 목소리도 나긋나긋하다. 성격이 달랐어도 잘 어울렸던 건 서로 외동딸이었기 때문이다.

다행히도 친구는 수술 결과가 좋아 회복이 빠르다며 퇴원 날짜를 받아놓고 있었다. 그다음 주에 호박죽을 들고 병실을 찾았더니 친구는 짤막한 메모 한 장 남기고는 퇴원하고 없었다. 여러 달이나 소식 없는 친구의 안부가 궁금했지만 죽지 않았으면 기별이 오겠지, 하며 막연히 기다려왔다.

그녀와의 약속으로 오랜만에 시내로 나왔다. 만물이 생동하는 봄이라 거리는 활기찼다. 다방 창가에 앉아 느긋한 마음으로 친구를 기다렸다. 누구에게든 너그러워지고 싶은 심정이다. 잠시 후 나타난 친구는 일 년 전 환자의 모습은 간곳없이 건강하고 화사해 보였다. 상앗빛 바바리를 걸치고 연두색 스카프를 두른 그녀의 세련된 모습에 비로소 안심이 되었다. 건강의 적신호는 비껴간 듯했다. 그동안 연락 안한 친구가 괘씸하기도 했지만, 나름대로의 사정이 있었겠지, 그저 살아 있는 것만도 고마워서 두 손을 꼭 잡았다. 둘만의 시간을 갖기 위해 밖으로 나왔다.

친구를 데리고 간 곳은 워커힐 동산이다. 타임머신을 타고 삼십여 년 전으로 돌아갔다. 친구와 함께 봄바람을 맞는다는 사실만으로도 얼마나 행복하던지. 저무는 시간도 아쉽고 그녀의 지나온 인생살이도 궁금했다. 고교 교사인 남편과 두 아이랑 평범하게 살아왔다고 한다. 그런 중에 닥친 형벌은 차라리 죽는 게 낫지 않을까 싶을 정도로 절망스러웠다니 그 심정 나도 안다. 알고말고. 생에 대한 집착과 부를 향하던 욕심을 버리고 나니 머리가 맑아지더라고 했다. 지나온 시간보다 다가올 시간이 더 소중하다면서 빙그레 웃는다. 그런 체념에 이르기까지의 고뇌가 고스란히 전해진다.

우리네 인생처럼 허무한 것도 없으리라. 억울한 순간도 많았다. 결국 하루하루 산다는 것은 탐욕을 하나씩 버려가는 과정이 아닐는지. 버린다는 것이 쉽지는 않지만 친구는 익숙해진 듯 편안해 보인다.

"저기 좀 봐봐!"

무릎 사이로 고개를 디밀고는 깊은 상념에 잠겨있는 나를 친구가 흔들었다. 붉은 해가 뉘엿뉘엿 넘어가는 중이었다. 반쯤은 물에 잠겨 있었다. 노을을 바라보며 자신과 친구를 응원했다.

'이제 우리 나이 오십 고개로 넘어가는구나. 평소에는 나이를 의식하지 않았는데 오늘따라 유난히 짚어지는 이유가 뭘까. 지난 생이 다사다난했더라도 앞으로는 여유를 갖고 자주 만나 우정을 가꾸어보자꾸나.'

워커힐 후문을 빠져나올 때도 봄바람은 우리를 감싸 안아주었다.

_ 2002

{ 다용도실에 갇히다 }

어느 일요일 아침, 오전 시간을 즐기던 중이었다. 방문이 열리면서 아들의 얼굴만 삐죽 들어왔다.

"상욱아, 이리 들어와 봐. 돈 좀 더 벌어서 고층으로 올라가자."

아들은 무슨 소린가 싶은지 대꾸도 없이 나가버렸다. 제 딴에는 넓은 집 사느라고 고생했을 텐데.

나는 집을 살 때 가리는 게 있다. 맨 가장자리나 맨 위층이나 아래층을 싫어한다. 위층이나 구석진 곳은 춥거나 덥고 아래층은 오물 냄새가 지독하다는 말을 들었기 때문이다. 얼마 전 이사한 우리 아파트는 2층이다. 로열층은 아니라도 좀 위층을 구하지, 하는 아쉬움이 있었지만 아들에게 일임했기에 따라왔을 뿐이다.

아들은 취미가 윈드서핑이라 주말에는 가평으로 떠난다. 주말마다 혼자 집 지키는 신세가 되었다. 저녁밥을 짓기 위해 쌀을 가지러 다용도실로 들어갔다.

'아뿔싸!'

잠금장치를 해놓은 채로 문이 잠기고 말았다. 이를 어쩐담? 아무리 손잡이를 잡고 흔들어도 잠긴 문은 꿈쩍도 하지 않는다. 애들은 내일이나 올 텐데. 핸드폰도 없다. 그야말로 속수무책이다. 유리문을 깰까도 생각했지만 그럴 수도 없었다. 마침 들창 밑에 소금자루가 있기에 밟고 올라섰다. 밖을 내다보니 뒤뜰만 보인다. 사람의 왕래도 거의 없는 뜨락이다. 눈앞이 캄캄하고 겁이 났다. 가뜩이나 더운 날씨에 환장할 노릇이다. 어떡하지? 눈물이 났다. 아들이 올 때까지 갇혀 있어야 하나. 이 좁은 곳에서? 햇볕은 얼마나 뜨거운지. 직장에 출근도 해야 하는데.

소금자루를 또 한 번 밟고서 창밖으로 고개를 내밀었다. 사람이 지나가기를 기다렸다. 뛰어내릴 배짱은 없으니까. 2층이라도 겁 많은 내가 보기에는 다리가 부러지거나 머리를 받혀 죽을 것만 같았다. 무서웠다. 그 찰나에 오만가지 생각이 스쳐 갔다. 그때다! 저만치서 초등학생 정도의 아이가 탄 자전거가 보인다.

'오, 구세주여!'

"학생"

불렀는데 내 목소리를 듣지 못했는지 지나쳐버렸다. 그래도 희망이 보인다. 좀 더 기다리면 누구라도 지나갈 테니까. 소금자루를 밟고 창가에 매달린 자세로 두어 시간을 버티자니 죽을 지경이었다. 그때 젊은 남자가 탄 자전거가 보여 필사적으로 소리쳤다.

"도와주세요. 다용도실에 갇혀 있어요."

얼마 후 경비아저씨가 나타나더니 잠시만 기다리라고 하셨다. 이제는 살았다. 긴장이 풀리자 온몸이 떨렸다. 아들에게 문자가 왔다.

'엄마, 갇혔었어? ㅋㅋ'

'아, 됐어'

경비아저씨께서 세대주인 아들한테 전화를 했던 것이다. 자초지종을 설명하고는 현관문 비밀번호를 물어봤겠지. 고층이었다면 어땠을지 상상만으로도 끔찍하다. 2층이라 얼마나 다행인지, 죽다 살아났다.

_ 2016

{ 막다른 골목에서 (1) }

언제부터인지 남편의 몸이 이상해졌다. 발음이 정확하지 않고 걸음걸이도 확연히 달라졌다. 한쪽 다리가 짧아진 것처럼 뒤뚱거렸다. 평소에도 혈압은 높은 편이었으나 다른 병은 없었다. 결국 뇌혈류 검사를 받았는데 뇌 속에 혹이 생겼으며 악성 종양은 아니란다. 혹 속으로 계속 피가 들어가 팽창하다 급기야 터져버리면 사망에 이를 수도 있다는 끔찍한 결과였다.

입원하던 날 아침이었다. 예정된 일이긴 하나 발등에 불이 떨어져야 움직이는 무딘 성격의 나는 회사에 결근계를 신청해 놓지도 않은 상태였다. 늘 그런 식이다. 생각이 늦되고 행동은 굼뜨고 안으로만 삭이는 성격이다. 내 성격을 알지 못하는 사람들은 나를 대담하다거나 용감하다고 한다. 마침 아들이 방학이라 간병을 부탁했다. 아들은 순순히 응했다.

가당치도 않은 일이란 걸 하루 만에 알아차렸다. 병원으로 회사로 뛰어다녀야 했던 나는 나대로 힘들고 아들과 남편은 사사건건 부딪쳤다.

남편은 아들을 혼내기만 하고 꼬투리를 잡고 늘어져 피곤하게 했다. 성질이 급한 남편은 혈맥을 단번에 찾지 못하고 두세 번 만에 주삿바늘을 꽂는 간호사에게도 불같이 화를 냈다.

수술하는 날 아침인데도 병원에서는 몇 시에 할 건지 알려주지 않았다. 하도 답답해서 오전인지 오후인지 물어봐도 모른다고만 했다. 할 수 없이 아들에게 수술실에 들어가면 즉시 연락하라고 이르고는 출근했다. 일은 손에 잡히지 않고 허둥대기만 했다. 직장인 백화점은 개점 시간이라 한창 바쁜 때 아들에게 연락이 왔다. 하던 일을 팽개치고 매장 밖으로 뛰어나가는데 갑자기 정전되었다. 불길한 예감에 휩싸인 채 병원으로 내달렸다. 수술실 밖에 쭈그리고 앉았다. 수술 들어가기 전 불안에 떨었을 텐데 손이라도 잡아주면 좋았을 것을.

한 시간 걸릴 거라던 수술이 세 시간이나 지났는데도 진행 중이다. 회사의 정전 사태를 떠올리니 불안감은 더 커졌다. 묵주를 돌리면서 성모님께 매달렸다. 애간장을 태우며 기다리는데 얼마 후 간호사가 보호자를 찾는다. 그 자리에 털썩 주저앉았다. 남편은 산소 호흡기에 의지해 중환자실로 옮겨졌다. 마취에서 깨어나 자신의 수술이 실패했다는 것을 알면 얼마나 절망할까, 울음이 터져버렸다. 엉엉 목 놓아 울었다. 남편이나 나는 왜 이리 굴곡이 심한지. 신은 시련을 주실 때 이겨낼 지혜도 함께 주신다고 하지 않았던가. 신을 향한 원망으로 한동안 묵주를 잡을 수 없고 아침 신공도 드리지 않으며 심통을 부렸다. 신이 있다면 내게 이럴 수는 없었다. 마음은 극도로 황폐해져 지인들의 위로에도 반감만 솟구쳤다.

뇌동맥 수술은 두 가지 방법이 있다고 했다. 절개수술과 혈관수술이다. 절개수술은 뇌를 절개해서 피가 혹 속으로 들어가지 않게 클립으로 집는 방법이다. 단점은 회복 기간이 더뎌 열흘이나 걸린다고 했다. 혈관수술은 주변 온도에 의해 변형되는 형상 백합금이란 코일을 혹 속으로 넣어 피가 유입되지 않도록 해서 팽창을 막는 방법이다. 회복 기간이 하루 이틀 정도로 빠르다. 남편은 후자를 선택했는데 실패한 거였다. 혹 입구가 넓을 경우 집어넣은 코일이 빠져나오는 부작용이 있을 수 있다고 했는데 남편은 두 번이나 빠져나왔다고 한다. 나와 남편은 절개수술을 원했다. 회복 기간이 좀 걸리더라도 실패율이 적다는 것에 신뢰가 갔다. 혈관수술이 잘못되어 다시 절개수술을 하게 될 경우에는 병원비도 만만치 않을 터였다. 큰아들은 혈관수술을 하자고 했다. 회복이 빠르다는 것과 좋은 방향으로만 생각했기 때문이다. 아들의 성격이 그렇다. 느긋하고 무엇이든지 좋은 쪽으로 생각하는 편이다. 이번에도 부작용까지는 미처 생각 못한 것이다.

병실 창밖을 내다보면 일산 신도시의 아파트 숲 사이로 우리 집이 보인다. 어서 남편의 건강을 되찾아 함께 들어가고 싶다. 하늘을 올려다본다. 눈물이 흘러내린다. 남편 곁으로 다가갔다. 초점 잃은 남편의 눈을 들여다보면서 속엣말을 건넨다. 제발 희망을 놓지 말자고! _ 2004

{ 막다른 골목에서 (2) }

　　만화방창 봄이 왔건만 내 마음은 북풍한설 한겨울이다. 남편은 재수술을 받기 위해 또 입원하였다. 뇌동맥 혈관수술 실패 후 뇌 절개 수술을 해보기로 했다. 병원 로비로 들어서면서 무심결에 올려다보니 커다란 현수막이 보였다.

　'미세한 뇌혈관수술 3000여 차례 성공한 뇌혈관 수술의 최고의 권위자, 대단한 경력이 있는 교수'

　눈이 번쩍 뜨였다. 남편의 주치의를 바꿨다는 말이 떠오르며 저 정도로 실력 있는 의사라면 확신할 수 있을 것 같았다.

　수술에 앞서 담당 의사의 소견을 들었다. 수술의 성공 여부를 물으니 열 명 중 세 명은 부작용이 올 수도 있다고 한다. 이번 수술에서는 잘하고 나오라며 남편의 손을 꼭 잡아주었다. 여섯 시간이나 걸리는 대수술이다. 결국 여덟 시간 만에야 집중 치료실로 옮긴다는 자막이 모니터 화면에 떴다. 그리로 갔더니 남편이 나를 알아보고 손을 내밀었다. 수술의 성공 여부를 알기까지 어떻게 기다려야 하나. 이튿날 오전에야 들을 수 있었다. 수술은 잘 되었고 이삼일 정도 있다가 일반 병실로 옮겨간다고 했다. 뒤죽박죽 형클어진 마음이 환하게 펴졌다. 고맙다고 코가 땅에 닿도록 거듭 머리를 숙였다.

중환자실은 오전 오후 두 차례 20분씩 면회할 수 있었다. 오전 면회 때만 해도 남편의 상태가 좋아 보였다. 안심하고 오후 면회는 큰아들만 보냈다. 회사로 병원으로 정신없이 뛰어다녔더니 너무 힘들었다. 수술 3일째 되던 날, 회사에서 일하는 중에 담당 의사가 보호자를 찾는다는 아들의 문자를 받았다. 바짝 긴장한 채로 의사 앞에 앉았다. 뇌 속에 혈관이 부었는데 붓기는 약물로 가라앉힐 수 있겠으나 만약 빠지지 않을 경우에는 또 수술을 해야 한다는 것이다. 오, 하느님 맙소사! 절망의 극이다. 환자가 공황발작으로 침대에서 내려오려 해서 사지를 침대 모서리에 묶었다고 했다. 들어가 보니 기가 막혔다. 사지가 묶인 채로 버둥대는 남편. 제정신으로 돌아오면 얼마나 갑갑할지.

"나 누군지 알겠어?"

"우리 마누라."

면회 시간이 끝나간다. 오후에 오겠다며 잘 있으라 하니 고개를 흔들어댄다.

"왜 그래?"

"같이 가!"

상태가 더 나빠진 것 같았다. 재수술 동의서에 서명하고 나오면서 철퍼
덕 주저앉아 엉엉 울었다. 나를 달래던 아들까지 덩달아 울었다. 이렇게
하면 어떻게 되는 거냐며 두 모자가 부둥켜안고 울부짖었다. 집으로 오는
길, 찬바람은 송곳처럼 온몸으로 파고들었다. 불효했던 죄의 벌을 받는
거라고 되뇌면서 하늘에 계신 어머니께 빌었다. 싸울 때마다 남편한테 이
혼하자고 악다구니 쳤던 것도 미안하다고 울면서 걷고 또 걸었다.

중환자실에서 4일째 되던 날, 더 악화되기 전에 수술실로 들어갔다는
아들의 문자가 왔다. 회사에서 일하던 나는 혼비백산하여 병원으로 달려
갔다. 이번에도 여덟 시간이 좀 지나 집중치료실로 간다는 자막이 떴다.
남편은 목을 뚫고 쇠파이프를 박았고 긴 호스가 목에 달려있었다. 여러
갈래의 호스가 주렁주렁 걸려 사람의 형상이 아닌 로봇 같았다. 왜 목을
뚫었냐고 항의하니 폐렴 합병증을 막기 위해 기관지 수술까지 했다고 한
다. 두 번씩이나 뇌를 가르고 목까지 뚫린 남편의 형상은 목불인견으로
처참했다. 남편의 머리맡에 있는 기계로 규칙적으로 이어지는 심장 박동
그래프를 보니 한고비를 넘긴 듯하다.

작은아들이 형한테 한 소리 듣고는 면회를 왔다. 녀석은 학교와 학원
을 오가느라 정해진 면회 시간을 맞추기 힘들었다고 변명하지만 제재를

많이 받았던 아들로서는 아빠의 부재로 해방의 기분이 들었을지도 모른다. 수술만 받으면 곧 완치되어 집으로 오실 거라 믿었을 수도 있고. 아들이 면회하고는 울면서 나왔다.

"왜 울어, 이번에는 정말 수술 잘됐다는데, 울지 마."

"아빠 왜 아픈 거야? 아빠가 나 보고 울어."

오후 면회 시간에 들어서자마자 남편이 손짓하기에 나를 반기는 줄 알고 얼른 다가갔다. 남편의 두 다리는 묶여 있고 간호사가 팔목을 묶으니까 묶이지 않은 손을 흔들면서 필사적으로 애원했다.

"묶지 말라고 해! 묶지 말라고 하라니까!"

자꾸만 침대에서 내려오려고 해서 어쩔 수 없다는데, 또 수술이 잘못된 건가? 공포에 질려 묶지 말라고 절규하던 남편의 눈빛은 평생 잊지 못할 것이다. 아들은 그날 밤 중환자실에서 아빠 곁을 지키기로 하고 묶인 사지를 풀어주었다. 아빠가 정신을 놓을 때마다 침대에서 내려오려고 해서 한숨도 못 잤다는 아들. 밤을 지새우면서 사람의 생명이 얼마나 허무한지를 직접 목격했다고 한다. 어느 환자가 일반 병실에서 옮겨왔는데 한동안 아프다고 소리치더니 그대로 죽더라나.

남편은 가족은 알아보지만 자신의 나이도 직업도 잊어버렸다. 모든 과거를 망각했다. 기억상실자가 된 것이다. 가슴에 성호는 긋는다. 주님이 남편 곁에 계시다는 게 그나마 다행이다. 아저씨가 아기 같다는 간호사의 표현대로 남편은 영락없는 아기가 되어 이십여 일을 중환자실에 누워 있다.

"상욱이 아빠! 정신 차려야지. 이렇게 누워만 있으면 식구들은 어떻게 해. 다 굶어 죽게 생겼단 말이야."

묵묵부답. 눈동자는 어디를 헤매고 있는 걸까. 다시 독촉해본다.

"자기가 돈 벌어와야지. 우리 굶어 죽어도 좋아?"

"응!"

그 어떤 위로의 말도 소용이 없다. 회한으로 점철된 나날들. 우리는 사랑이란 감정도 모른 채 데면데면 지내왔다. 언제쯤에나 이 질곡에서 빠져나올 수 있을까. 사네 마네, 싫다 밉다 했던 남편인데도 지금은 불쌍하기만 하다. 주차장에 세워져 있는 남편의 자동차는 볼 때마다 비감스럽다. 언제까지나 속수무책 기다려야 하는지. 나의 고통은 왜 이리도 질긴가. 수시로 주님을 원망했다. 내가 도대체 뭘 그리 잘못했냐고. 애통할 일은 넘쳤지만 이 정도까지 추락할 줄은 몰랐다.

예수님도 환희와 고통 속에 살았다고 했다. 십자가에 못 박힐 수도, 영광스럽게 살 수 있다고도 했다. 어떤 순간에도 주님과 함께 길을 걷는다는 것을 잊지 말라고 했다. 오전과 오후 두 차례 남편을 면회하는 것이 일상사가 되었다. 이 막다른 골목에서도 어떻게든 살아지겠지. 억지로라도 기운을 내보자. _ 2004

{ 백석역 }

　　지하철 3호선이 구파발에서 대화역까지 연장 개통된 것은 1996년 1월이었다. 우리 동네 지하철역 이름은 백석이다. '백석'이란 '흰 돌'이란 뜻으로 이 마을에서 신성시하는 큰 돌 이름에서 유래되었다고 한다. 편마암 재질로 높이 1.2m에 폭 2.5m의 크기로 남아 있다. 우리 마을을 부자로 만든 돌이라고 한다. 흰 돌 아래쪽으로는 장이 섰던 곳이 있으며 이곳에는 1900년대 초반까지 한강물이 들어왔다고 한다.

　　나는 지하철이 개통되기 5년 전 일산 신도시에 입주하였다. 일산의 배밭이 신도시로 개발되면서 아파트 단지로 조성되었다. 신축 아파트 입주가 시작된 곳이 백석동이다. 신도시의 초입으로 현관이라 할 수 있겠다. 이전에는 교통이 불편했다. 우후죽순으로 들어선 아파트로 수많은 인구가 유입되었는데도 교통수단은 개선되지 않았다. 출퇴근 시 겪는 고역은 상상을 초월했다. 그야말로 교통전쟁이었다. 버스마다 승객들로 미어터

질 지경이고 배차 간격은 긴데 그마저도 지켜지지 않아 삼사십 분 기다리는 건 예사였다.

출근 시간을 앞당겨 나서도 종점에서부터 만원버스로 출발했으니 우리 정류장은 정차하지 않고 지나치기 일쑤였다. 우르르 몰려갔던 사람들은 닭 쫓던 개처럼 버스 뒤꽁무니만 멀거니 바라보며 발을 동동 굴렀다. 어쩌다가 버스가 정차하면 필사적으로 몸을 끼워 넣어야만 했다. 한쪽 발부터 올려놓고는 뒷사람이 미는 대로 밀려 들어갔다. 그렇게라도 승차라도 할 수 있으면 운이 좋은 날이다. 더 좋은 날은 서너 정류장 갔는데 자리가 날 경우다. 임금님의 옥좌가 이보다 편하랴 싶었다. 목숨 걸다시피 출근전쟁을 치르면서도 나는 지각이나 결석을 한 번도 하지 않아 모범 사원에게 주는 행운의 열쇠를 받았다. 성실의 증표로 받은 훈장 같아서 목걸이로 만들어 지금까지 착용하고 있다.

그런 난리 중에 지하철이 개통되었으니 얼마나 반갑던지. 그때부터 하루 두 차례씩 백석역을 드나들었다. 지하철 타고 가다 보면 구걸하는 사람들을 자주 보게 된다. 찬송가를 부르며 돈 바구니를 들고 지나가는 맹인, 호소문을 재빠르게 돌리고 자기 상황을 설명하며 도와 달라 부탁하는 사람 등. 어떤 호소문을 읽어 보았다. '교통사고를 당한 후 부인은 집을 나가고 아이들 때문에라도' 어쩌고저쩌고 구구절절하지만 읽는 이도 손을 내미는 이도 없다. 혹 장애를 불신하기 때문일까? 내가 보기에도 저

정도라면 얼마든지 일할 수 있을 텐데, 안타까운 마음이 앞선다.

어느 날은 장애인 단체에서 나왔다면서 '자원봉사'라고 쓰인 노란 조끼를 입고는 한 바퀴 도는 거였다. 그들 중 한 사람이 내 앞으로 왔을 때 슬쩍 물어보았다.

"아저씨, 이렇게 모은 돈이 정말로 장애인들에게 돌아가나요?"

예기치 않은 질문에 당혹스러웠는지, 선한 일에 의심 받아 불쾌했는지, 다음 역 문이 열리자마자 나를 흘겨보면서 내려버렸다. 공연히 입방정을 떨었나, 종일토록 마음이 무거웠다.

가진 것을 나눈다는 것은 좋은 일이다. 서로 도우며 살아야 한다. 그러면서도 '내 코가 석자'라며 외면할 때가 많다. 나눠야 할 사람이 너무 많기도 하고. 나눔을 물질로만 해야 한다는 생각부터가 잘못인 것 같다. 진심어린 위로의 말이나 미소 또한 진정한 나눔이라는 것을 경험으로 알고 있다. 혼자 버둥거리다 주저앉고 싶을 때 손 잡아준 교우들과 이웃들의 친절이 나를 일으켜 세우지 않았던가. 내가 받은 나눔의 은혜를 누군가와 나누어야 한다고 마음먹고 있다. 빠를수록 좋으리라.

백석역이 개통된 지 어느덧 십 년이다. 백석동 사람들의 발이 되어준 지하철이 정말 고맙다. 정확한 시간에 어김없이 회사 앞까지 데려다 준다. 덕분에 나의 일상도 한결 느긋해졌다. 오늘도 출근길을 재촉하며 지하철에 올라탄다. _ 1998

{ 비 오는 날의 해프닝 }

아침부터 폭우가 쏟아지던 날이었다. 직장생활 십 년이나 지 난 지금도 출근 시간은 왜 그리 촉박한지. 일찍 서둘러도 집을 나설 때는 헐레벌떡 지하철역으로 달려야 한다. 고약한 습관이다. 집에서 지하철역 까지는 15분 정도 걸린다. 뛰다가 숨이 차면 걷는다. 걷기 운동이 된다는 생각으로 열심히 걸어 다녔다.

그날은 비가 줄기차게 내렸지만 잠깐 수그러들기에 지하철역을 향해 빠르게 걸었다. 얼마쯤 가는 중에 어떤 자가용이 차도 옆으로 서행하는 느낌을 받았다. 아들이 모는 차는 아닐 테고 남편 차도 물론 아닐 거라서 앞만 보고 걸었다. 혹시 길을 물어보려는 걸까? 그래도 모른 체 하고 뛰 었다. 길 안내하는 그 짧은 시간에 지하철 문이 닫힐 수도 있다는 얄팍한 계산 때문이었다. 숨이 턱까지 차오르지만 지하철 시간에 맞추려고 무작 정 뛰었다. 더는 뛸 수가 없어서 걸어가는데 자가용이 내 옆으로 바짝 다가온다.

'다 늙은 여자를 어디에 쓰려고? 설마 납치하려는 건 아니겠지.'

하면서도 겁이 더럭 났다. 어제 저녁 시청한 방송이 뇌리를 스쳤다. 서른일곱 전직 여교사가 섬마을로 팔려갔다가 구사일생으로 도망쳐나온 사건이었다. 머리끝이 쭈뼛 서고 다리까지 떨렸다. 우중충한 날씨에다 인적도 없는 거리에서 두려움에 떨며 걸음을 재우쳤다.

마침내 용기를 내서 운전석을 힐끗 쳐다보았다. 짙은 선탠으로 자동차 내부는 보이지도 않는다. 신경은 곤두서고 오금이 저린데 무슨 차가 저리 서행을 하는지 죽을 맛이다. 간신히 건널목에 다다랐다. 신호 바뀌기를 기다리는데 이번에는 운전석에서 왼팔이 쑥 나오더니 오라는 손짓까지 한다. 도대체 어쩌라고? 화가 치밀어 인상을 구기며 노려봤다. 그 순간, 아! 차창 밖으로 내민 오빠의 얼굴.

얼마 전, 미국에서 언니가 나왔을 때 우리 집으로 대가족이 모였다. 그 자리에서 내 인생살이의 애환을 털어놓으며 울먹거렸다. 나름대로 살아보려고 노력했으나 듣지도 못하고 사는 세월이 너무 억울하다고, 가까이에 정 나눌 언니마저 없으니 더 서러웠다고. 내가 지하철역까지 걸어 다니는 것을 그날 알게 된 오빠는 아침부터 쏟아지는 장대비에 내 생각이 났다고 한다. 어쩌면 비를 맞으며 출근할지도 모른다는 생각에 우리 집으로 왔다는 것이다. 오면서 보니 달려 나가는 동생 모습이 보여 클랙슨을 울렸다고 한다. 나는 오빠일 줄은 모르고 별의별 상상을 다하며 오금이 저렸다고 하니 한참을 웃는다. 웬만하면 마을버스를 타고 다니라는 오빠의 충고에 마을버스 기다리다 더 늦을 수도 있다 하니 택시를 타라고 했다. 출근 시간에는 택시도 귀하다. 탈일 없을 때는 빈 택시도 많은데 내가 바빠 동동거릴 때는 보이지 않는다는 내 말에 고개만 끄덕이더니 이렇게 날 놀라게 할 줄이야.

오빠는 줄기차게 쏟아져 내리는 빗속을 뚫고서 나를 회사 앞까지 데려다 주었다. 새삼 오누이 정에 뭉클한 날이었다. 그날의 해프닝을 떠올리면 웃음이 나오고 마음도 환해진다. _ 2005

{ 새 출발 }

새벽녘에 눈을 뜨니 옆자리가 허전하다. 어둠 속을 살펴보지만 빈자리만 절감할 뿐이다.

'당신 어디 갔어?'

허허로운 내 목소리만 메아리친다. 이렇게까지 무너질 줄이야. 오늘인지 어제인지 모르고 헤매는 현실이 안타깝다. 제아무리 잘났다는 사람도 모든 소망을 이루지는 못하고 떠날 것이다. 남편은 해야 할 일들이 많은데 속절없이 떠나고 말았다.

남편이 응급실에 실려 갔을 때만 해도 그렇게 갈 줄은 몰랐다. 다른 환자들처럼 초췌하지도 않았고 의식만 없을 뿐 고요한 얼굴이었다. 중환자실에서 일반병동으로 옮겨와 한 달 정도 있었는데 다른 보호자들조차도 남편은 환자 같지 않다면서 곧 퇴원하겠다고 위로했다. 나도 믿었다. 그러나 폐렴 증세가 심해지더니 패혈증이 왔다. 열이 오르내리고 모든 장기가 손상되었다. 뇌세포가 죽어가면서 중풍이 왔다. 온몸이 굳어 꼼짝도 못했다. 말 한마디도 못했다. 청천벽력이었다. 해맑은 눈동자로 나를 바라보는 모습은 더없이 살가웠다. 어쩜 그리 예쁠 수가! 머리를 밀어놓으니 동자승 같았다. 그렇게라도 살아있기만 하면 얼마나 좋을까. 야속하게도 그는 사 년여의 투병 끝에 내 손을 놓고 말았다. 그나마 내 앞에서 떠나준 것이 다행이다. 그날도 회사에 다녀왔다. 회사에 가고 없을 때던가, 자던 중에 떠났다면 참담한 심정이 어땠을까. 무의식중에도 나를 기다렸으리라.

남편의 갑작스런 죽음은 엄청난 고통이었다. 앞뒤 옆을 둘러보아도 허공뿐이다. 그이는 내 손을 놓고 갔지만 나는 보내지 못하고 있다. 반의식 상태로 있는 남편에게

"여보, 회사에 갔다 올게. 집 잘 보고 있어요."

그러면 알겠다고 눈으로 답하던 모습이 지금도 마음에 얹혀있다. 그날의 아침인사가 마지막이었다니.

'여보, 대소변 갈아주면서 투덜댔던 것 미안해. 못할 소리 많이 했던 것도 미안해. 다 용서해줘.'

남편을 다시 볼 수 없음이 애통하다. 죽음은 모든 것을 무無로 돌려놓는다. 그가 살았던 흔적의 조각들을 끄집어 낼 때마다 아픈 기억으로 다가온다. 시시때때로 눈물이 흐른다. 누구나 가슴 깊은 곳에 아픈 가시 하

나쯤은 있다지만 남편은 심장에다 큰 가시 하나를 박아놓고 떠났다. 그이가 힘들 때마다 손 잡아주었는데 내가 힘들 때는 어떻게 하나.

이제 남편을 보내주려고 한다. 내가 살기 위해서라도. 산 사람은 살아질 것이다. 내일을 위해 몸을 추슬러야 한다. 어느 스님이 그랬다. 죽음은 자유로워진 영혼이 새 삶으로 가는 출발이라고. 남편의 영혼도 새 출발을 위해 먼 여행을 떠났을 거라 믿고 싶다. 삶의 무상이란 것이 무의미와는 다르듯 죽음 또한 허무와는 다르지 않겠는가. _ 2007

{ 신발 }

아침마다 나란히 놓여 있는 손녀의 신발에 절로 눈길이 간다. 분홍색, 빨간색, 흰색 등 갖가지 색과 모양의 앙증맞은 신발들을 바라보면 나도 모르게 울컥할 때가 있다. 제 엄마는 걷기도 전에 신발부터 신겼다. 오늘도 현관문을 나서는데 손녀의 새 가죽 구두가 보인다. 자꾸만 늘어나는 신발을 세어보니 무려 열한 켤레다. 뭉클하다.

아들이 네 살 즈음이다. 왜 그리 살림이 옹색했던지, 어린 아들에게 3천 원짜리 신발 한 켤레도 사 줄 돈이 없었다. 놀이터에 데리고 갈 때마다 맨발이었다. 한참 놀다가 집으로 들어가자 하면 손을 탈탈 털고는 지하방으로 내려가는데, 그 뒷모습이 얼마나 안쓰럽던지. 저 아이를 위해 기필코 지상의 집을 장만하리라 다짐했다.

'상욱아, 두고 봐. 반드시 네게 집을 사줄 거다.'

남편은 술과 친구를 지나치게 좋아했다. 처자식은 나 몰라라 했다. 이른 아침에 출근하면서도 월급은 제대로 준 적이 없다. 처자식은 신경도 쓰지 않았다. 아들의 분유조차 오빠가 사주었다. 남편을 포기할 수밖에 없었다. 굶기를 밥 먹듯 하는 내 사정을 아는 대모님이 일자리를 알선해 주었다. 백화점 수선실이다. 이전 직업은 미싱자수사였다. 그때는 이불이 나 한복에 미싱자수로 수를 놓는 것이 유행이었다. 실력을 인정받아 돈 을 모을 수 있었다. 그러나 결혼할 무렵에는 컴퓨터 자수가 뜨는 바람에 미싱자수는 사양길로 접어들었다. 결혼 전에 여축餘蓄해 놓은 돈은 2년 만에 바닥이 났다.

아들은 유치원 종일반에 맡기고 직장을 다녔다. 어린애를 떼놓고 출근 하려니 아침마다 눈물바람이었다. 도와줄 사람이 아무도 없으니 달리 방 도가 없었다. 나의 직장 생활로 형편은 풀려나갔다. 생활의 여유가 생기 자 한풀이하듯 아들 치장에 돈을 썼다. 옷이나 신발도 메이커만 사줬다. 일터가 백화점이니 오죽했겠는가. 덕분에 내 차림새도 달라졌다.

얼마 전, 아들이 느닷없이 그런다.

"엄마, 나 어렸을 때 신발이 없어서 맨발로 다녔지?"

뜨끔했다. 잊고 싶었던 과거의 한 장면을 기억하고 있다니 민망하기도 하고 놀랍기도 했다. 불과 네 살 때의 일인데.

아들은 딸을 끔찍하게 위한다. 퇴근해서 할머니와 놀고 있는 모습을 보면 흡족해한다. 딸을 향한 아들의 함박웃음이 좋다. 손녀는 사랑의 결정체다. 아들은 외로웠다면서 자식을 많이 낳고 싶어 한다. 자식들에게 방 한 칸씩 주겠다며 방이 많은 집을 구했다. 열심히 벌어 자식들이 호의호식하게 해주겠다며 각오가 단단하다. 가장으로서의 결의가 믿음직스럽다. 내게도 든든한 아들이다.

오늘도 손녀의 신발들을 들여다본다. 깜찍하고 예쁘다. 아들에게 신발 한 켤레도 사주지 못했던 지난날은 아픈 추억이지만, 지금은 나도 아들처럼 손녀를 통해 대리만족을 느낀다. _ 2016

{ 아들이 대학생이 되다 }

아들은 대학생이 되었다. 세 살짜리 어린 것을 가기 싫어하는 유치원 종일반에 들이밀고는 허둥지둥 직장으로 내달렸던 때가 어제처럼 생생한데. 세월은 바람처럼 휙휙 지나간다.

남편은 중병을 앓고 있는데 혼자 힘으로 대학을 보낼 수 있을까, 조심스레 걱정해주는 이도 많았다. 고맙지만 반감이 들었다. 아들은 나의 버팀목이자 희망이다. 훤칠한 뒷모습만 봐도 근사하고 대견한 아들. 성격도 모난 곳 없이 싹싹하니 주님이 주신 은총인 것 같다. 주저앉고 싶다가도 아들을 생각하면서 기운을 차리고 지친 몸을 추슬러 세웠다.

새벽하늘을 가르고 떠오르는 해를 보면서 종종걸음 치는 출근길조차 가벼운 때도 아들이 떠오를 때다. 오늘은 바람이 사납게 불어친다. 움츠러든 가슴 속으로 겨울바람이 파고든다. 북상하던 봄소식이 멈칫한다. 꽃샘추위인가?

며칠 전 일이다. 귀가 시간이 늦기에 문자를 보냈다. 지금 가고 있는 중이라며 책을 읽고 있다고 했다. 덧붙여 하는 말이 지금부터 자기가 문자를 보낼 테니 엄마는 답하지 말고 읽기만 하라고 했다. 내용은 이렇다.

'세상에는 이런 사람이 있습니다. 나에게 옷을 껴입으라고 매사에 조심하라고 끊임없이 부탁하죠. 저는 짜증스럽지만 따뜻함을 느낍니다. 돈이 없을 때 그는 돈 버는 일이 쉽지 않다며 저에게 훈계합니다. 그러면서 저에게 돈을 쥐어줍니다. 이런 사람을 저희는 부모라 부릅니다. 부모님의 또 다른 이름은 희생입니다. 사랑합니다, 엄마. 이 글 읽으면서 가슴이 찡했어. 울고 싶었는데 지하철에 사람이 많네.'

아들의 문자가 끝나는 동시에 말할 수 없는 감동으로 울컥, 눈시울이 젖어든다. 아들은 내 손이 닿지 않는 곳에서도 한층 성숙해지고 있었던 것이다. 저녁 식탁에 마주 앉은 아들은 학교생활의 재미를 누누이 설명한다. 아들을 바라보는 내 얼굴은 환하게 펴진다. 충만감에 부푼다.

'고기를 잡으러 바다로 나갈 때는 한 번 기도하고, 전쟁터로 나갈 때는 두 번 기도하고, 결혼할 때는 세 번을 기도하라'는 말이 있다. 덧붙여 네 번 기도할 때가 있다고 한다. 바로 부모가 될 때라고. 열심히 기도하며 준비한 사람에게도 부모 노릇은 어렵기만 하다. 나는 지혜도 부족한 어미이다. 다만 부족함을 알기에 인정하고 함께 하는 시간을 자주 가지려고 노력할 뿐이다. 머리 맞대고 문제를 궁리하다 보면 해결 방법이 있게 마련이다.

이제 와서 후회가 있다면 장애 엄마를 둔 아들이 안쓰럽고 미안하다 보니 물질적으로 보상하려고 했던 점이다. 아들은 옷이나 신발, 가방 따위를 메이커가 아니면 거들떠보지도 않는다. 아버지가 네 번의 입·퇴원을 반복하는 동안 우리의 경제는 한계에 봉착했지만 아들은 개의치 않았다. 나 또한 애한테는 혼란을 주고 싶지 않았다. 어떻게든 혼자 해결하려고 했다. 아들만큼은 불행에서 비껴있기를 바랐는지도 모른다.

대학생이 된 아들은 철 들어가는 게 눈에 보인다. 부족한 어미였지만 넘치게 준 사랑은 충분히 느꼈으리라 믿는다. 남들은 대학이 뭔 대수라고 할지 모르나 나의 경우는 다르다. 가보지 못한 대학에 대한 환상이 있기에 아들의 대학 생활 이야기가 궁금하고 흥미진진하다. 열악한 환경 속에서 뒷바라지 한 나도 대견하고 아들도 대견하다.

더 아름다운 사람이 되길 바라며 입학을 축하한다. _ 2006

{ 어머니의 초상 }

　　며칠 있으면 어머니의 기일이다. 내 생일 무렵에 돌아가셔서 이맘때는 항상 마음이 심란하다. 몇 년 째 소식도 없는 딸을 그리워하다 돌아가시게 한 것이 두고두고 한스럽다.

　　어머니는 3녀 1남의 막내딸로 태어나셨다. 외조부는 해박한 지식과 많은 재력을 가진 지역 유지였다고 한다. 어머니는 진명 여고보를 나온 신여성으로 수원에 살던 두 이모님과 '형님, 아우님 만수무강 하소서' 하면서 서신으로 왕래하던 일도 떠오른다.

　　어머니의 운명이 바닥을 친 것은 첫 남편과 사별하고부터였다. 젊은 나이에 청상이 된 것이다. 아들 하나와 남겨진 어머니가 재혼 안하고 혼자 살았다면 그토록 힘겨운 삶을 살지 않았을까. 당시 둘째 이모의 시누이가 돌아가셨다. 이모의 시아버지께서는 당신의 딸이 죽자 사위에게 어머니를 소개해주었다. 얌전한 처제에게 딸이 남기고 간 자식들을 맡기면 안심할 수 있었을 것이다.

　어머니는 무슨 생각으로 그 집에 들어갔을까. 돈 많은 갑부라 이끌렸을까? 이모 시아버지의 비호가 든든해보였나? 그저 운명이었다고 해야 할까. 오남매나 되는 전실 자식들 뒷바라지는 쉽지 않았을 터인데. 본인 아들에다 사촌들부터 머슴들까지 많은 식솔들의 뒤치다꺼리를 어떻게 감당했을까.

　어머니의 운명이 또 한 번 뒤집혔다. 내가 세 살 무렵 아버지가 병환으로 눕게 되었다. 그때까지 혼인신고도 하지 않아 나는 출생신고도 되어 있지 않았다. 이때부터 어머니의 마음이 조급해졌는지 병든 아버지와 자주 다투었고 전실 자식들과의 갈등도 심해졌다고 한다. 아버지가 돌아가시자 어머니는 처량한 신세가 되고 말았다. 사촌들까지 합세한 재산 싸움이 치열해지자 다 놓아버렸다. 그곳에 있어야 할 이유가 없어졌다. 데리고 들어갔던 아들과 내 손을 잡고 그 집에서 나오셨다.

　어머니는 자신의 운명을 한탄하지 않고 어느 누구도 원망하지 않았다. 외삼촌의 도움을 많이 받긴 했지만 그다지 욕심도 없었다. 하나 뿐인 딸에게는 지극정성이었다. 누구나 어려웠던 그 시절에도 나는 구두나 운동화를 신고 다녔다. 애정표현도 적극적이어서 자주 껴안아주셨다. 곱게 키워 잘 사는 모습을 지켜보고 싶었을 텐데 애지중지하던 딸이 돌연 청각장애자가 되고 말았으니 그 상심이 오죽했을까. 게다가 나는 가출까지

해서 소식조차 끊어버렸다.

어머니는 그렇게 살다 가셨다. 어머니의 기일을 앞두고 이렇게라도 위로해드리고 싶어, 사모곡을 바치는 심정으로 어머니의 생을 더듬어보았다. 후생이 있다면 또다시 어머니의 딸로 태어나 다하지 못한 모녀의 정을 나누고 싶다. 어머니! 하느님 품안에서 평안을 누리소서. _ 2011

{ 오라버니를 가슴에 묻고 }

　　오빠를 땅 속에 묻고 왔다. 오빠가 쓰러졌다는 조카의 연락을 받고는 쏜살같이 병원으로 달려갔다. 침상으로 다가가 오빠를 불렀다. 힘없이 눈을 뜨더니

"너 못 보는 줄 알았어."

　　이것이 오빠와의 마지막 대화였다. 병원으로 실려 오면서도 내가 알면 얼마나 걱정할까, 싶어 내 염려를 먼저 했을 오빠다. 눈물은 하염없이 쏟아졌다. 그때까지도 오빠는 꼭 일어날 거라고 믿었다. 해병대 출신이라는 긍지와 정신력이 대단했으니까. 그런 정신력도 병 앞에서는 무력했다. 몇 년 전에 심근경색으로 쓰러진 적이 있었는데 이번에는 뇌졸중이고 합병증까지 왔다는 것이다. 그래도 설마 했다. 의식이 있고 말도 알아들을 만큼 했기에 갑작스레 떠날 줄은 상상도 못했다.

　　이틀 후, 상태가 악화되어 뇌수술을 받았다는 소식을 받고서 중환자실

로 달려간 나는 아연실색, 오빠가 아닌 줄 알았다. 온몸이 잔뜩 부어올라 본디 모습이 아니었다. 머릿속 혈관이 부었다는데 어쩜 저토록 부풀 수가 있는지. 의사한테 우리 오빠를 살려달라고 울부짖었다. 한쪽 뇌는 죽었고 심장만 뛰고 있어서 회생을 장담할 수 없다고 한다. 오빠는 한 달 동안 생사의 갈림길에서 사투를 벌였다. 가장 존경했던 오빠다. 피가 필요하다면 내 피를, 신장을 이식해야 한다면 내 신장을, 눈이 필요하다면 내 눈 한 쪽도 기꺼이 떼어줄 수 있겠는데 속수무책 지켜볼 수밖에 없다.

오빠는 사회, 정치, 문화 등 모든 면에서 박학다식했다. 글 쓰다가 문맥이 막힐 때도 오빠에게 메일로 도움을 청하면 즉시 명쾌한 답장을 보내주었다. 오빠는 동생의 짧은 가방끈을 자신의 탓으로 여겼다. 이제는 나의 문제를 누구와 의논한단 말인가. 성격이 고지식해서 융통성이 부족한 면은 있지만 언제나 모범적인 생활인으로 일관했던 오빠, 건강도 스스로 잘 챙겨왔던 오빠가 하루아침에 쓰러지다니. 거짓말 같은 현실이다.

오빠는 늘 누이동생의 장애를 안타까워하며 어떻게든 도와주려고 했다. 수십 년 전에 혼자 자취할 때였다. 내가 살던 동네에 홍수가 났다. 나는 중추 신경이 좋지 않아 고른 보폭으로 걷지를 못한다. 그러니 무릎 아래 정강이까지 닿는 시냇물조차 혼자 건널 수가 없다. 오빠는 허리까지 차오른 구정물을 헤치면서 자취방으로 찾아왔다. 올해 초, 부정맥 완전 방실 차단이란 병으로 왼쪽 가슴에 인공 심박동기 수술을 받고 왔을 때도 오빠가 간병을 해주었다. 잘 먹어야 한다면서 밤잠을 설치며 곰국을 끓여주던 오빠. 그런 오빠를 잃었다. 뭐가 그리 급했기에 서둘러 갔나. 어떻게 처자식을 놓고서 홀연히 떠날 수 있었는지. 나는 얼마나 많은 시간을 헤매고 나서야 진정될 수 있을까. 세월이 약이라니 좀 지나면 괜찮아질까? 지금도 오빠가 현관문으로 들어설 것만 같은데.

'오빠, 이승에서 오빠와 남매로 만나서 든든하고 좋았어요. 언제나 기댈 수 있는 언덕이 되어주었기에 지금까지 잘 지내온 것 같아요. 사랑의 기억으로 기운 내서 잘 살아갈게요. 이제는 동생을 향한 끌탕마저도 내려놓고 편히 쉬세요.'_ 2010

{ 일상의 탈출 }

　　아침나절, 목적지도 정한 바 없이 집을 나섰다. 나서고 보니 막막했다. 어디로 가야 하나. 머릿속은 잡다한 생각으로 뒤죽박죽이다. 누군가 뒷머리를 잡아당기는 듯하고 나 또한 뒷걸음질 칠 듯했지만 정신 차려보니 청량리 방면의 버스를 타고 있었다. 잊고 싶었으면서도 가고 싶었던 곳, 고향을 향한 발걸음이었다.

　　어린 시절을 보냈던 고향 집은 2층 양옥으로만 변했을 뿐 그 자리에 있었다. 혈육들도 오래전에 고향을 떠났다. 친척 중에 팔촌 오라버니 한 분이 그 많은 땅과 과수원을 관리해 준다는 소식을 들은 지도 옛날이다. 찾아보니 오라버니는 돌아가시고 올케언니만 남아 있었다. 중풍으로 간신히 생명줄만 잡고 있었다. 정신은 말짱해서 들어서는 나를 보고는 반가워하며 내 손을 움켜쥐고는 놓아주지 않는다. 눈에는 눈물이 고였다.

　　"언니, 나 아버지 보러 선산에 가고 싶은데 가르쳐주세요."

불효막심하게도 아버지 산소도 모른 채로 살아왔다. 예고 없이 들이닥쳐 선산을 묻는 내가 의외였는지 되묻는다.

"애기씨, 갑자기 선산은 왜? 날씨도 덥구마는"

잠시 후, 언니는 막내 조카를 불러주며 따라가라고 했다. 건장한 조카의 안내를 받으며 포도밭을 끼고 산속 길을 숨차게 올랐다.

'배나무도 많았는데…'

혼잣말을 하는데 조카가 알아듣고는 배나무는 저쪽에 있고 오천 주가 넘는다고 했다. 손길 따라 가보니 하얀 고깔을 쓴 배들이 나를 반겨주는 듯하다. 산 중턱에 올라서자 시원하게 뻗어있는 덕소 강이 한눈에 내려다보인다. 아버지는 죽어서도 좋은 동네에 계신다. 울울창창한 소나무 숲으로 둘러싸인 선산은 잘 다듬어져 있었다. 산소 앞으로 다가가 절부터 올렸다.

나는 아버지를 일찍 여의었기에 아버지에 대한 기억이 거의 없다. 아버지가 있는 아이들을 부러워한 적도 없다. 그런데 느닷없이 울음이 솟구쳤다. 무슨 이유일까. 내 살아온 삶이 기구해서 복받친 걸까. 속절없이 먹은 나이를 내세워 아버지 앞에 엎드린 것이 감격스러운 걸까. 아버지 옆에 앉아본다. 아늑하다. 마음이 편안해졌다. 나를 쓰다듬어주시는 것 같다. 아버지의 말씀이 들리는 듯하다.

'연재야, 사람 사는 것은 다 그렇단다. 살면 얼마나 살겠니? 지루한 인

생길 같지만 억겁의 시간에 비하면 찰나에 불과하단다. 너무 힘들어하지 말아라.'

잠시 추억여행 하다 설핏 잠이 들었나 보다. 사위가 조용하니 무딘 귀에도 바람 소리가 시원하게 들려온다. 멀리서 올라오는 조카의 모습도 보인다.

삶은 고해라니 지지고 볶으며 사는 게 당연할 것이다. 내게만 유독 가혹한 인생이라고 불평하는 것은 삶에 대한 기대치가 높기 때문일지도 모른다. 모든 것이 내 탓이다. 갖은 우여곡절도 운명이라면 기꺼이 받아들이기로 하자. 시간은 약이니까.

고향에 가서 아버지를 찾아뵈었고 시끄럽던 마음이 정화되었으니 뜻 깊은 '일상의 탈출'이었다. _ 1998

{ 작은아들 }

　　아들은 스물일곱 살이고 U⁺tvG 매장을 운영하고 있다. 얼마 전까지만 해도 그로 인해 하루에도 수없이 롤러코스터를 탄 듯 조마조마했다. 고교 시절에만 해도 용돈을 줄 때나 기분이 좋을 때는 느닷없이 기습 뽀뽀를 해댈 정도로 애교가 많았다. 까칠한 턱수염이 징그럽긴 하지만 예쁜 건 어쩔 수 없다. 그러다가 무슨 일로 돌변하면 엄마고 뭐고 뵈는 게 없는지, 한 대 치기라도 할 기세로 덤빌 때도 있다. 잔소리가 길어지면 알았다고, 내가 다 알아서 한다며 눈을 부라렸다. 아들은 의사 전달력이 부족하고 세세한 것은 기억하지 못하는 경향이 있다.

　　아들이 원하는 일이 밥벌이가 될지, 사회적으로 인정받을 수 있는지 노파심에 따져보게 된다. 한 집안의 가장으로 우뚝 설 수 있도록 잘 양육하는 것이 모든 부모들의 의무이자 바람이지 않을까. 나 또한 그렇다.

　　사소한 일상에서조차 사회성과 연결 짓다 보니 매사에 잔소리를 하게 된다. 아들을 옥죄이며 부모로서 어떻게 해야 하는지 늘 고민이었다. 그런 가치관의 충돌이 갈등을 심화시킨 듯하다. 이제 내 마음을 다스려야 할 것 같다. 삼십 년을 공들여 키워도 좋아하는 여자가 나타나면 삼십 분 내로 홀라당 넘어가는 게 아들이라고 하지 않던가.

다혈질인 남편이 살아생전에 아들과 크게 싸우며 이성을 잃고 야구 방망이를 휘둘렀다. 피하지 않았다면 어찌 됐을지 아찔한 순간이었다. 그이는 우발적인 행동을 곧 후회했지만 아들은 지금도 잊지 못한다.

다행히도 아들은 갈수록 성격이 온순해졌다. 대인관계도 원만하다. 저런 면이 있었나, 신기할 정도다. 성급하게 변화시키려 하기 보다는 여유를 갖고 기다려주는 것이 중요한 것 같다. 지레짐작으로 염려할 일이 아니다. 빙산의 일각인 걸 크게 받아들여 다그치지 않았나 싶다. 아들은 저멀리 높은 길을 성큼성큼 오르고 있었다.

나는 아들과 좋은 관계를 유지하기 위해 조심했다. 그래도 방심한 듯 잔소리가 튀어나올 때가 있다. 아들은 갑자기 사나워진다. 냉정한 눈빛으로 내뱉으며 스쳐가는 녀석의 등이 어찌나 차갑게 느껴지던지, 나는 그 자리에 얼어붙었다. 심장이 멈출 것만 같았다.

"엄마, 미국으로 가! 신경 써주는 건 고맙지만…."

'그래? 이젠 엄마 없이도 살 수 있다 말이지?'

흔하던 눈물도 나오지 않았다. 정말 가버릴까. 아예 죽어버릴까.

가까스로 마음을 진정시키자 눈물이 쏟아졌다. 무심한 듯 침묵으로 밀고 나갔다. 직장은 엄연한 생계이니만큼 떠날 수가 없다. 녀석이 들어오거나 말거나 모르쇠로 일관했다. 이십여 일이 지났을까, 퇴근길이었다. 폰으로 긴 문자가 들어왔다.

'엄마, 잘못했어요. 앞으로는 이런 행동으로 실망시키지 않을게요. 엄마가 저를 어떻게 키웠는지, 얼마나 사랑하는지 왜 모르겠어요. 다시는 마음 아프게 하지 않을 테니 이제 풀어요.'

흔들리는 버스 안에서 사람들이 쳐다보거나 말거나 눈물을 훔쳐댔다.

지금까지 도를 닦는 심정으로 아들과 함께 해왔다. 평상시에는 지극한 효자였다가도 뭔가 틀어지면 잡아먹을 듯한 눈초리로 내려다본다. 욱할 때는 건드리지 않는 것이 상책이다. 돌아서서 천주님, 성모님 하며 가슴을 칠지언정.

아들은 사회에 나서자마자 자기 사업을 시작했다. 무엇을 하더라도 어느 정도의 선을 넘지 않으리라는 믿음이 있기에 손을 떼도 될 것 같다. 아들은 엄마가 죽었다 깨도 이해할 수 없는 행동을 해대는 존재라는 말이 있다. 엄마가 아들의 다른 점을 이해할 수 없다면 아들 역시 그런 엄마를 이해할 수 없을 것이다. 영원한 애증 관계인 아들과 엄마, 그 갈등의 골만큼 사랑도 깊은 것이라 믿고 싶다. _ 2013

{ 제주도 여행 }

　　지난여름이었다. 멀리 떠나고 싶은 열망에 휩싸였다. 직장에 매인 몸이라는 핑계도 있었지만 여행을 그다지 좋아하지도 않았다. 단조로운 일상으로 살아왔다. 갑작스러운 우환이 닥치니 심신이 고달팠다. 얼마나 앞만 보고 치달려왔던가. 가까스로 인생의 한 모퉁이를 돌아 나오면 다른 복병이 나타나 나를 쓰러뜨리곤 했다. 이것이 내 운명인가. 안달복달에서 벗어나 푹 쉬고 싶었다. 울화병이라는 진단이 나왔다. 숨을 쉴 때마다 습관처럼 긴 한숨이 따라 나왔다. 시도 때도 없이 터지려는 울음을 욱여넣기에만 급급했지 시원하게 목 놓아 울 줄도 몰랐다. 나를 다독여줄 생각조차 하지 못했다. 일단 떠나고 보자.

　　'남편은 어떻게 하지?' 남편은 거동조차 불편한 처지였다. 내 손이 절실한 사람을 두고 어딜 간다고. 짧은 여행마저 내게는 사치인가. 동행하기로 했다. 남편과는 여행을 한 번도 해보지 않았다고 생각하자 마음이 급해졌다. 처음이자 마지막 동반 여행이 될지도 모른다고 생각하니 어떤 사명감까지 생겨났다. 이렇게 쉬운 결정을 왜 그리 헤맸는지. 나는 마음만 먹으면 곧장 밀고 나가는 성격이다. 일사천리로 진행시킨다. 아들이 신혼여행 때 사용했던 캐리어를 찾아 옷들을 담았다. 남편의 돌발 상황을 위해 여비도 넉넉하게 챙겼다. 담당 의사로부터 장거리 여행도 보호자만 있으면 괜찮을 거라 했으니 믿는 구석도 있었다.

제주공항에 도착하자 공기부터 달랐다. 반겨주는 이 없어도 떠나왔다는 자체가 좋았다. 여행은 이래서 좋은 모양이다. 두 몸을 건사하려니 힘에 부치긴 했다. 여느 부부들은 남편이 부인을 챙겼으나 나는 남편을 보살펴야 하는 입장이었다. 쓸쓸하지만 마음을 돌이켰다.

독불장군이던 남편은 종이호랑이가 된 지 오래다. 내게 기댄 채로 순한 양처럼 끌려왔다. 왼쪽 어깨엔 커다란 가방을 걸치고 미니 크로스백은 오른쪽 어깨에 매달고 한 손으로는 캐리어를 끌고 나머지 한 손으로 남편의 손을 잡고 걸어야만 했다. 육중한 몸을 내게 기댄 채로 엉덩이를 뒤로 쭉 빼고 다리를 뻗대면서 끌려오는 남편. 백주대로에 주저앉아 펑펑 울고 싶었다. 다 팽개치고 싶은 충동이 일기도 했다. 한낮의 태양열이 정수리에 내리꽂혔다.

우선 쉴 곳을 찾아야 했다. 친절한 택시 기사가 안내해준 숙소에 짐을 풀었다. 편의점에서 사온 김밥으로 점심을 때우고는 일단 누웠다. 남편도 지친 기색이 역력하다. 열기가 좀 수그러들자 숙소를 빠져나왔다. 협재 해수욕장으로 갔다. 수많은 인파들이 해질녘이 되자 썰물처럼 빠져나갔다. 바다를 바라보니 속이 후련하다. 시원한 바닷바람이 폐 속 깊이 쌓여 있던 노폐물까지 다 쓸어갈 듯하다. 남편과 동행해서 제주도까지 왔다는 실감에 웃음이 삐져나왔다. 남편이 왜 웃느냐고 묻는다.

"여기가 어딘 줄 알아?" "응, 제주도지."

기분이 어떠냐고 물으니 좋다고 한다.

너럭바위에 걸터앉았다. 바닷물이 발밑까지 와서 찰랑거린다. 발가락 사이를 파고들며 간지럽힌다. 마음도 평온해졌다. 나는 바다에 안겼다. 얼마나 허둥지둥 살아왔던가. 현실을 직시해야 한다며 나를 다그치고 몰아세우면서 여기까지 왔다. 늘 혼자였다. 외로움과 고통을 등짐처럼 짊어지고 꾸역꾸역 걸어왔다. 먹구름 사이로 와인빛 노을이 지고 있었다. 어느새 내 인생도 일몰 앞에 서 있다.

어스름 달빛을 받으며 숙소로 돌아왔다. 실내가 후끈하다. 에어컨을 틀자 금세 서늘해진다. 커튼을 젖히고 창밖을 내다본다. 건물 사이로 달이 둥실 떠 있다. 남편도 침대모서리에 앉아 달을 바라보고 있다. 달을 보며 무슨 생각을 할까. 한참을 바라보고 있자니 깊은 시름도 잦아드는 듯하다. 저 달은 오늘 밤 외로운 두 나그네를 지켜줄 것이다. 단잠에 빠져들 것 같은 밤이다. _ 2005

{ 한라산에 오르다 }

　　급작스럽게 닥친 남편의 병으로 일상이 무너졌다. 긍정적으로 살려고 아무리 발버둥 쳐봐도 현실을 누르는 중압감은 상상을 초월했다. 어느 날부터인가 앉아만 있는데도 가슴 속에서 뜨거운 기운이 목구멍까지 차오르고 심장이 두근거렸다. 손바닥으로 가슴을 두드려 봐도 증세는 가라앉지 않아 겁이 더럭 났다. 병원을 찾아갔다. 의사는 우울증 시초라면서 진정제를 처방해주었다. 산수 좋은 곳으로 여행을 다녀오는 것도 큰 도움이 될 거라고 조언했다.

　'내 팔자에 무슨 여행씩이나….'

　　뇌수술 받고 퇴원한 남편은 네 살배기 수준으로 퇴행했다. 과거를 몽땅 잊었으며 현실도 자각하지 못하는 상태다. 황당하고 기가 막혔다. 어디에건 분풀이라도 하면 시원하겠건만 하소연할 데도 없고 분노만 쌓이다 보니 이런 상황까지 온 것이다. 창살 없는 감옥살이다. 내 앞가림도 버거운 판에 거푸 닥친 불행으로 인내심이 한계에 달한 것이다. 약을 먹어도 별로 차도가 보이지 않았다.

어디로든 떠났다 와야겠다는 생각이 들었다. 그러고 나면 숨통이 트일 것 같았다. 마침 다니던 회사로부터 권고사직을 당한 후 퇴직금까지 입금되었으니 잘됐다 싶었다. 제주도로 정하고 동행할 친구까지 구했다. 여행 준비를 마치고 보니 남편이 걸렸다. 걷는 것도 시원찮은 남편을 아들한테 맡기고 가는 것도 내키지 않았다. 어떡하나, 궁리해보다가 같이 갈 수밖에 없겠다는 결론을 내렸다. 건강하던 시절에도 가정을 잘 돌보지 않았던 남편이다. 그런데도 원망보다는 가엾다는 생각이 앞서니 내 마음 나도 모를 일이다. 같이 가자 하니 좋아서 어쩔 줄 몰라 하는데 그 모습이 애처롭다.

드디어 제주 땅을 밟았다. 거동조차 불편한 남편까지 동반하고서. 감개가 무량하다. 점심으로 옥돔구이를 먹었다. 바싹 구워진 옥돔이 입맛을 돋우었다. 친절한 음식점 주인은 남편이 환자라는 것을 알고는 두 접시나 더 갖다 주었다. 마침내 숙소에 짐을 풀었다.

한라산 등반길에 끼어들었다. 계획에도 없던 즉흥적인 결정. 아침에 로비로 나오니 친구가 먼저 와 기다리고 있었다. 로비는 관광객들로 북새통이었는데 오늘 한라산 등반하는 팀들이라고 했다. 함께 하고 싶다고 했더니 흔쾌히 받아주었다. 내가 한라산에 오르다니!

끝없이 펼쳐진 초원에 한가롭게 노니는 말들도 보고 사진이나 그림으로만 봐왔던 돌담들도 직접 목도하니 더 흥미진진했다. 도깨비도로를 지나 어리목 매표소에 도착했다. 남편은 등반하지 않는 사람들과 앉아 쉬게 하고 나와 친구는 산에 오르기 시작했다. 무릎 관절에 이상이 와서 약을 복용 중이라 악화될까 불안했지만 기회를 놓치기가 싫었다. 언제 다시 온다는 보장도 없는데.

초반부터 가파른 언덕길이다. 얼마 오르지도 않았는데 숨차고 지쳐갔다. 과연 끝까지 오를 수 있을지. 이쯤에서 그만 내려갈까? 갈등하는 중에도 비틀거리며 걷고 또 걸었다. 헛발 디뎌 낭떠러지로 구를 뻔한 아찔한 순간도 있었다. 지금까지 살아온 인생길에 비하면 이까짓 쯤이야. 오기가 솟았다. 온몸은 땀으로 흥건했다. 나는 육체적인 고통은 잘 참아내지만 정신적인 고통은 견디기 힘들어하는 편이다.

얼마쯤 올라갔을까. 앞서 올라가던 친구가 쉬어 가자며 통나무에 앉는다. 나도 옆에 걸터앉았다. 바람이 시원했다. 숲속을 스치는 바람 소리가 들려오는 듯하다. 온갖 시름에 찌든 내 마음을 말끔하게 씻어주는 것 같았다. 등허리의 땀을 수건으로 닦아주던 친구가 넌지시 의향을 떠본다. 너무 힘들다며 그만 내려가자고. 나는 끝까지 올라갈 거라 했다. 하산하는 사람들에게 친구가 물어보았다. 얼마나 더 가야 하냐고. 아직도 멀었다는 대답에 친구는 냉큼 발길을 돌렸다. 뒤도 돌아보지 않고 내려가 버렸다. 멀어져가는 친구의 뒷모습을 보면서 또 한 번 갈등했다.

'내가 이팔청춘도 아닌데 올라가? 말아?'

악착같이 올라갔다. 여기서 지면 내 인생에 지는 거라고, 죽을힘을 다해 걸었다. 어느 순간 사방이 탁 트이는 평탄한 길이 펼쳐졌다. 다 올라온 것이다. 해발 1,700m의 윗세오름. 눈 아래 별천지가 펼쳐져 있었다. 멀리 백록담이 보인다. 거기까지 갈 줄 알았는데 통제구역이라니, 안타깝지만 어쩌겠는가. 이 정도로도 대만족이다. 나무 그늘을 찾아 큰대자로 누웠다. 상쾌한 바람이 땀을 씻어주었다.

한라산 등반은 내 능력과 인내심을 업그레이드 시킨 기회였다. 어떤 고통이 닥쳐와도 극복할 수 있다는 자신감을 얻었다. 하산해서 남편 곁으로 다가가니 어미를 기다렸던 자식처럼 반가워한다. 남편의 두 손을 꼭 잡아주었다. _ 2005

글이 내 곁에 머물러 있다는 느낌에
마음이 놓인다.
글을 쓴다는 것은 잠든 의식을 일깨우고
사소한 일상에 의미를 부여하며
살아가게 하는 동력이다.

3

글을 쓴다는 것은

{ 성모 마리아와 곡예사 }

며칠 전, 이런저런 핑계로 가지 않았던 성당에 갔다. 미사 시간이 좀 남아있어 만남의 방으로 들어갔다. 교우 한 명도 없이 조용해서 구석에 있는 서가로 갔다. 무심코 손에 잡힌 책이 프랑스 단편소설인 '성모 마리아와 곡예사'였다.

가난한 곡예사가 있었다. 방방곡곡 떠돌아다니며 재주를 팔아 몇 푼의 동전과 바꾸어 생계를 꾸려갔다. 부자들은 온갖 재물을 바치면서 성모님을 찬양하지만 가난한 곡예사는 아무것도 바칠 것이 없었다. 자신의 무능을 탓하던 중에 유일한 재주인 곡예를 성모님 앞에 펼쳐 보였다는 줄거리다. 곡예사의 심정을 알 것 같았다. 물질적인 풍요가 행복으로 직결되지 않는다는 것은 경험으로도 안다. 가난하면서도 국민 대다수가 행복하다고 믿는 부탄이라는 나라도 있는 걸 보면 더욱 그렇다.

대체로 우리 인간들은 너무 많은 걸 바라는 것 같다. 나 역시 성모님께 많은 것을 구하기만 해왔다. 봉헌의 삶이 영적인 눈을 뜨게 한다는데도. 여느 교우들은 100일 기도를 바치는 것도 미흡해서 준비를 더해 봉헌의 기도까지 바친다지만 나는 그날그날 즉흥적인 기도만 드리고 만다. 기도 끝에 이렇게 덧붙인다. '주님께서 저를 도와줄 것을 믿습니다.' 낯 뜨거운 기도지만 주님을 사랑하는 마음은 누구 못지않다고 자부한다. 오늘따라 장기 결석한 게 걸리지만 성모님은 묵인해줄 것이다.

그동안 살아오면서 수없이 넘어졌다. 누군가 건네주는 위로의 말조차도 싫었으며 오히려 야속하다고 울부짖었다. 기왕 살 바에는 사람답게 살자는 굳은 의지가 있는데도 의지대로 되지 않는다고 발악했다. 남보다 무겁다고 여겨지는 인생의 무게에 주저앉지 않으려고 안간힘을 썼다.

앞으로도 힘든 일은 얼마든지 올 것이다. 그렇더라도 이제는 힘을 빼고 느슨해지고 싶다. 팽팽한 긴장감을 완화하고 모든 상황에 유연하게 대처하고 싶다. 내 삶이 가진 것 없는 곡예사와 같을지라도 히말라야 부탄의 형제들처럼 행복하다고 느끼며 살아가려 한다. 그 날의 나의 기도는 이러했다.

주 예수 그리스도 내게 자비를 베풀어 주소서.
마음은 견문각지대로 자꾸만 흩어집니다.
그것을 내버려 둔 채 기도합니다.

온갖 탐욕과 분노와 위선에 괴롭습니다.

슬픔과 초조와 두려움에 떨 때마다 주님을 부릅니다.

그동안 많은 시간을 나태 속에 교만했지요.

그러나 지금 주님의 이름을 부르고 또 부릅니다.

억지로 시작해도 나중에는 순일하게 됩니다.

어느덧 주님과 하나 되어 있음을 느끼지요.

마음이 차분해지며 안정을 찾습니다.

주 예수 그리스도 내게 자비를 베풀어 주소서.

_ 2007

{ 글을 쓴다는 것은 }

　　이른 저녁밥을 먹고는 컴퓨터 앞에 앉았다. 글 한 편을 꼭 써
야겠다고 작정하고 앉은 터였다. 뭘 쓰지? 막막하다. 빈 화면만 맥없이
바라본다. 자정이 가까워지는데 여전히 글은 진행되지 않는다. 몇 줄 나
열해보지만 미려하지 않다. 투박한 글들이 중구난방 어수선하다. 썼다 지
우기를 반복하다 보니 지쳤다. 오기까지 생겨 컴퓨터 전원을 끄지 못한
다. 나오지도 않는 글을 억지로 풀어내자니 여간 고역이 아니다.

　'도대체 뭔 내용으로 어떻게 써야 하지?'

　심금을 울리는 감동적이고 따스한 글을 쓰고 싶은데 마음만 앞설 뿐,
생각대로 써지지 않는다. 글쟁이로서의 자질이 있기나 한지 의심스럽기
까지 하다. 문득 수필가로 등단하던 때가 떠오른다. 가슴 벅차던 순간이
었다. 축하한다며 박수 쳐주던 선후배들이 지금도 내 곁에서 응원하고
있는데….

문학 동아리 안에서 공부하는 문우들이 얼마나 부러운지. 직장에 얽매이다 보니 내게는 언감생심이다. 혼자 써나가야만 한다. 하지만 누군들 그렇지 않겠는가. 모여서 합평을 한들 대신 써줄 수는 없다. 스스로 써야 한다. 어차피 내가 좋아서 쓰기 시작했지, 누가 등 떠밀며 시키기라도 했던가.

마음을 가다듬고 심호흡을 해본다. 전신을 짓누르던 피로가 걷히는 것 같다. '그래, 이제 쓰는 거야.' 자판을 두드리기 시작한다. 문장들이 그럴 싸하게 흘러나오고 속도가 붙는다. 독수리 타법이긴 하나 불편하지는 않다. 머릿속 언어들이 손가락으로 연결되어 문장이 되는 게 경이롭다.

글과 멀어졌다 다시 만나면 서먹해진다. 이러다 영영 못쓰게 될까 불안해진다. 간신히 붙어 앉아 한 편을 완성하고 나면 성취감에 뿌듯하다. 글이 내 곁에 머물러 있다는 느낌에 마음이 놓인다. 다음엔 또 어떻게 써야 할까, 고민하며 막막해 하겠지만 이런 과정을 거치며 써놓는 수필들은 나의 역사가 될 것이다. 글을 쓴다는 것은 잠든 의식을 일깨우고 사소한 일상에 의미를 부여하며 살아가게 하는 동력이다. _ 2012

{ 나이를 먹는다는 것 }

　　가을의 문턱이다. 세월의 흐름이 더 실감 나는 때가 가을이 아닌가 싶다. 소슬바람에도 향기가 묻어난다. 산들바람에 흔들리는 코스모스는 가녀린 여인의 춤사위 같다. 별생각 없이 살다 보니 계절은 오고 가고 나는 나이만 먹었다. 나무가 나이테를 늘려가듯이 우리도 나이를 더해간다.

　　예전에는 나이를 물어보면 어중간하게 대답하든가 빙긋 웃으며 얼버무리곤 했다. 나이를 의식하기 싫었다. 인고의 세월 속에 허위허위 달려오다 보니 어느덧 오십 중반에 이르렀다. 나이 먹는 것이 안타까울 때가 있었다. 서른 줄에서 마흔으로 넘어갈 때가 그랬고 쉰 살로 넘어갈 때도 그랬다. 정확한 나이는 오십이지만 마흔아홉이라고 우겼다. 만만한 사이라면 음력 12월 18일인 생일까지 들먹이며 열이틀을 살고 한 살이나 더 먹었는데 억울하지 않겠냐면서 떼쓰듯 나이를 깎아내렸다. 나이 묻는 건

실례라고 무안까지 줄 때도 있었다. 너도나도 다 먹는 나이에 왜 그리 민감했을까.

　나이는 속일 수 없다는 걸 증명이라도 하듯, 얼굴의 주름살은 많아지고 목살은 낡은 소매부리처럼 늘어졌다. 늙음을 늦춰볼까 안달하던 때도 있었다. 얼굴에 팩을 하고 주름살 방지한다는 화장품을 사서 발랐다. 입고 싶은 것, 먹고 싶은 것을 참아가며 아껴 모았던 쌈짓돈을 과감하게 풀어 썼다. 옷 한 벌을 사려고 백화점 온 매장을 휘젓고 다녔다. 내 나이는 아랑곳하지 않은 채 젊은 패션에만 눈길이 간다. 유행하는 옷을 택해 걸치고는 거울 앞에 서 본다. 뒤통수가 근지러워 뒤돌아보니 직원의 표정이 떨떠름하다. 그만 민망해져서 나이에 걸맞은 니트 한 벌 골라서 허둥지둥 빠져나왔다. 집에 들어와서 사온 옷으로 갈아입고는 의기양양 아들 앞에 섰다.

　"이 옷 어때? 엄마한테 잘 어울리지?"

　힐끗 쳐다보는 눈초리가 별로인 것 같다. 대꾸도 않고 등 돌린 녀석의 뒷모습이 야속하다 느낄 즈음 고개를 돌리더니 한 마디 툭 던진다.

　"돈이 아깝네."

　차라리 물어보지나 말 것을. 서운하고 민망해서 어쩔 줄 모르겠는데 기어코 더 보태준다.

　"거, 뱃살 좀 빼요."

나이는 먹을 대로 먹어 육신은 늙어가면서 마음만 청춘이면 뭐하나. 받아들일 수밖에 없다. 내 나이를 누구에게 주랴. 결국 내 것인 것을. 피할 수 없는 늙음이다. 경계해야 할 것은 늙음이 아니라 녹스는 삶이다. 그동안의 경험을 밑천 삼아 더 원숙한 삶을 꾸려가야겠다. 주름살은 삶의 연륜이다. 노화를 자연스럽게 받아들이자. 더불어 나잇값이나 제대로 하면서 잘 늙어가자. _ 2005

{ 내가 좋아하는 그녀 }

　　인간은 약하기 때문에 의지하며 모여 산다고 했던가. 나는 낯선 사람들에게도 관심과 호기심이 많은 편이다. 그럼에도 선뜻 손 내밀지 못하는 것은 자신감이 없고 소심하기 때문이다. 대인관계에서 상처도 쉽게 받을뿐더러 상처가 아물기를 기다리며 사는 것도 고역이었다. 체념도 잘하는 반면 받아쳐낼 수 있는 오기와 자존심을 지녔기에 외유내강형인 성격을 탓하지 않는다. 호의적이고 친절하나 돌아서면 뒷담화를 늘어놓는 사람들이 있다. 쌀쌀맞은 사람이나 잘난 체하는 사람, 겸손한 척 교만한 사람과는 될 수 있는 한 거리를 둔다.

　　그녀를 만난 것은 3년 전이다. 돈을 좀 더 보태서 집을 넓혀가기로 작정했다. 부동산 업자로부터 마땅한 집이 나왔다는 연락이 왔기에 그 집을 보러 간 것이 그녀와의 첫 대면이었다. 젊은 부부가 반갑게 우리를 맞이했다. 현관으로 들어서면서 의아했다. 젊은 부부라면 아기자기하게 꾸

며놓았을 법한데도 사방이 책 천지였다. 안방에도 거실에도 작은방까지도 온통 책들만 쌓여 있었다. 베란다 문을 여니 시원한 바람이 들어왔다.

그녀는 영어 과외 선생이었다. 집을 계약하면서 다시 본 그녀는 야무지고 똑똑해 보였다. 그들은 아래층으로 이사했다.

며칠 후 느지막한 시간에 누군가 찾아왔다. 바로 그녀였다. 커피 봉지를 들고 왔다. 미국에서 친구가 보내준 커피인데 나눠 먹고 싶어 가져왔다고. 예상치도 못한 호의에 얼떨떨한 나머지 고맙다는 인사도 못하고 헤어졌다. 그때부터 그녀를 좋아하게 되었다. 젊은 사람이 기특하기도 하지, 나는 여태까지 받은 은혜는 반드시 갚는다는 철칙으로 살아왔다. 그녀 덕분에 남편 수술 후유증으로 인한 참혹한 질곡에서 빠져나올 수 있었다. 그녀는 예리한 지성과 박식함을 겸비했으며 주변 사람들을 살피고 배려하는 성품을 지녔다. 문학적 감수성과 재능도 뛰어나면서도 겸손하고 입이 무거웠다. 내 속을 다 털어놓아도 미더웠다.

순한 사슴 같은 눈망울이 묘하게 매력적이다. 매번 신선한 충격을 받는다. 솔직하다는 점이 나와 닮았다. 현실적인 균형감각까지 갖춘 그녀. 정의감도 강하고 상대를 무장해제 시키는 그녀와 앉아 미주알고주알 털어놓으면서 위로를 받곤 한다.

오밤중에 문자가 올 때도 있다. 지금 계단으로 내려오라고. 졸음이 쏟아지는 중에도 그녀가 부르면 벌떡 일어나 잰걸음으로 내려간다. 희미한

외등아래서 웃는 그녀의 양손에는 부침개와 막걸리가 들려있다. 막걸리 한 잔에 취하고 그녀의 인정에 취한 그날 밤에 나는 곯아떨어진다. 이튿날 공교롭게도 비상이 걸린 회사에 지각을 한다. 부장님께 한 소리 들어도 고까워하지 않는다. 푸성귀만 보면 사야 직성이 풀린다며 자칭 푼수라고 하면서 맛깔스러운 겉절이를 한 대접 내민다. 받아먹는 것에 익숙해진 나는 아예 김치까지 달라고 요구할 때도 있다.

그녀와의 인연에 감사한다. 그러고 보니 내 주변에는 고마운 인연들이 많다. 이만하면 됐지 싶다. _ 2012

{ 봄이 주는 행복 }

봄기운이 완연한 요즈음이다. 해가 점점 길어지고 있다. 일곱 시 무렵이면 희붐하니 밝아온다. 아침노을을 즐기는 여유로움이 좋다. 하루가 잘 풀려갈 것 같은 예감에 발걸음도 가볍다.

나는 유난히 겨울나기가 힘들다. 몸과 마음이 오그라든다. 잔뜩 움츠러든 마음에 하루하루가 지겹다. 나도 동면하는 개구리처럼 겨울잠에 들었다가 봄이 오면 기지개를 켜며 깨어나고 싶다. 꽃샘추위의 심술까지는 받아줄 만하다. 봄이니까! 곧 봄꽃들이 화사하게 피어나겠지.

봄바람과 꽃향기에 휩싸여 걷노라면 정체도 모를 그리움을 앓게 된다. 끝 모를 허무의 늪 같은 겨울을 견뎌내고 나면 외로움이나 그리움마저 감미롭다. 봄이 주는 선물이다. 봄은 감성 둔한 사람까지도 들뜨게 한다. 현실과의 불화 속에서 곤두박질치던 기분도 한껏 부풀어 오른다. 봄은 역시 희망의 계절이다. 미워하던 사람마저 용서하고 감싸 안아주고 싶은 봄.

나는 봄마다 문경으로 간다. 농사짓는 후배가 사는 곳이다. 어제도 후배의 문자를 받았다.

'선배, 5월에 꼭 오세요.'

후배의 부추김에 마음부터 문경으로 달려간다. 겨울과는 확연하게 달라진 주변의 경치들. 정겨운 논두렁이나 가로수 길을 걷는 상상만으로도 즐겁다. 시외버스 차창 밖으로 겨우내 쌓여있던 감정의 찌꺼기들을 날려버리는 상쾌함을 무엇에다 비할 수 있을까. 농촌의 풍경들을 바라보면 내 마음도 풍요로워진다. 마을 사람들의 정담과 호탕한 웃음에서도 봄이 묻어난다. 마음이 잘 통하는 후배와의 돈독한 정, 따스하고 섬세한 후배와의 우정은 내가 살아 숨 쉬고 있다는 감동을 안겨준다. 나의 봄은 이렇게 문경 나들이로 시작된다. _ 2017

{ 손수건 같은 만남 }

　　나는 공부를 원하는 만큼 하지 못했다. 고등학교 2학년 무렵, 극심한 뇌막염을 앓은 후 청신경을 잃었기 때문이다. 수도 없이 이런 생각을 해왔다.

　　'차라리 그때 죽었으면 좋았을걸. 그랬다면 이 길고 긴 고단한 삶을 살아오지 않아도 되었을 것을.'

　　사춘기 시절에 닥친 일이라 더 예민할 수밖에 없었고 이후의 삶은 그야말로 형극의 나날이었다. 왈가닥이라는 별명이 붙을 정도로 활발했던 내가 남 앞에 서는 것이 두렵고 소심해지고 언행도 어눌해졌다. 자격지심은 어쩔 수 없었던지, 대학 나온 사람을 무조건 부러워했다.

　　근래 우리 회사에 신입사원이 들어왔다. 이력서를 보니 가족은 아무도 없이 혼자였다. 학력은 대졸이었고. 남의 사생활에 관심도 없거니와 말도 없는 편인데 그녀에게는 내가 먼저 다가갔다. 오직 '대졸'이라는 이유로.

궁금하기도 했다. 대학 나온 사람이 이런 일을 하겠다고? 고학력이 필요할 일이 아니었기 때문에 의혹은 증폭되었다.

그녀는 나만큼이나 힘들게 살아왔다. 십수 년 전에 교통사고로 남편과 아들을 잃고 혼자 살아남았다. 불행 중 다행이랄까, 남편이 재산을 제법 남겼다. 수십 억대 재산에 사고 보상금까지 더했으니 그만하면 갑부가 아닌가.

재복을 누릴만한 팔자가 못됐는지 그 많던 재산을 주식으로 몽땅 날렸다고 한다. 호기심으로 시작했는데 욕심으로 변하더란다. 몸과 빚만 남아 있다고 한숨을 내쉬었다. 그래도 학벌이 있는데 아깝다고, 맞는 일을 찾아보지 그러냐 했더니 나이가 많아 받아주는 곳이 없다고 한다. 환갑을 넘긴 나이였으니 그럴 만도 하다.

순탄하지 못한 서로의 인생살이를 다독이다 보니 언니 동생 사이로 친해졌다. 퇴근길에 동행할 때가 많다. 출출하거나 집에 일찍 들어가기 싫을 때는 옆길로 샌다. 추울 겨울에는 따끈한 소고기 국밥을 먹거나 한여름에는 텁텁한 목구멍을 시원하게 적셔주는 생맥주를 즐겼다. 이전에는 일상이 단순했다. 맥주는커녕 성당에서 미사 마치고 이웃들 만나 메밀국수나 먹은 후 일회용 커피 마시는 정도가 전부였다. 퇴근길 재미를 알고 나니 세상 참 헛살았구나 싶다. 지금이라도 누리니 다행이라 해야 할지. 고깃집에 들어가 갈비를 먹는 것도 망설이지 않는다. 근사한 레스토랑에 들어가 비싼 스테이크도 썰어 먹는다.

아들네와 동거하는 애환을 털어놓으며 차라리 혼자 사는 게 나을 걸 그랬다 하니, 언니는 혼자 살면 일찍 죽어 안 된다며 아들 내외하고 살아야 오래 산다고 했다. 본인은 왜 혼자 사냐고 물으니 자기는 혼자 살 팔자라서 팔자대로 살아야 오래 산다는 점쟁이 같은 말을 해서 실소했다.

동생은 매사에 긍정적이다. 두둑한 몸집답게 배짱도 좋다. 배울 게 많은 사람이다. 나는 성격이 모난 편이다. 싫은 소리를 못 견뎌 하고 마음에 거슬리면 짜증부터 내고는 뒤늦게 후회한다. 그런 내가 마땅치 못해 동생한테 하소연하면 간단명료한 처방을 내린다.

"언니, 성당 가서 기도해."

순간 부끄러워진다. 이제 우리는 눈빛만으로도 통하는 사이다. 쉽게 의기투합한다. 함께 하는 쇼핑도 즐겁다. 열대 과일들을 살 때도 많다. 내가 즐겨 사 먹는 것은 아보카도다. 미국에 사는 언니 집에서 처음 먹어본 후로 계속 찾고 있다. 망고도 좋아한다. 쇼핑의 맛을 알게 된 것도 동생 덕분이다. 지름신이 두려워 자주 가지는 않는다.

동생은 박학다식하다. 방송이나 신문에서 본 시사나 경제 등에 대해 물어보면 명쾌하게 알려준다. 사람은 역시 배워야 한다는 말이 절로 튀어나온다. 그런 말 하지 말라고 만류한다. 아무리 좋은 뜻의 말도 반복하면 식상하다는 것을 나도 안다. 그런데도 동생을 대하면 입버릇이 되어

나오는 걸 어찌하라고.

"사람은 정말 배워야 한다니까."

지인들에게 동생을 소개할 때는 나의 매니저라고 한다. 주식 투자로 날린 재산을 아까워하면서도 이렇게 단언한다.

"다 운명이야. 언니 만나려고 그랬나봐."

"그래, 맞아."

우리의 만남이 순식간에 지워지는 지우개 같은 만남이 되지 않길 바란다. 힘들어 비지땀을 흘릴 때는 그 땀을 닦아주고 슬퍼 눈물 흘릴 때는 그 눈물을 닦아주는 손수건 같은, 그런 만남으로 이어갈 것을 확신한다.

_ 2016

{ 옆집 재덕이 }

　　전국이 황사 비바람을 동반한 폭우에 한 바탕 휘둘렸는데 어느새 거짓말처럼 개어있다. 베란다 문을 열고 심호흡을 해본다. 꽃들이 화사하고 초록 식물들은 싱그럽다. 한참을 들여다보다가 청소나 해야겠다는 생각에 몸을 돌리던 참이었다.

　　아파트 계단 옆에 낯익은 휠체어가 보였다. 재덕이가 화창한 봄날을 놓칠세라 걷는 연습하러 나온 모양이다. 양쪽 겨드랑이에 목발을 끼고 걷는 모습이 위태로워 보인다. 발이 땅에 닿지 않으니 지켜보는 사람마저 안타깝다. 조마조마하다.

　　내 일이나 하자 싶어 청소기를 집어 들었지만 신경은 그쪽으로만 쏠린다. 다시 베란다로 나갔다. 초등생 정도의 아이가 퀵보드를 타고 아파트 광장을 가로지른다. 재덕이 옆을 아슬아슬하게 스쳐 간다. 재덕이는 '토끼와 거북이'에서의 거북이처럼 느릿느릿한 걸음을 멈추지 않는다. 넘어지면 어쩌나, 베란다를 들락거리며 걸레질을 다 했다. 내다보니 재덕이가 휠체어에 앉으려다 넘어졌다. 일어나려고 안간힘을 쓰는 게 보인다. 퀵보드를 타던 어린이가 힘을 보태는데도 역부족이다. 나는 4층에서 급히 뛰어 내려갔다. 셋이서 힘을 모아 휠체어에 앉혔다. 다치지는 않았냐는 내 물음에 씩 웃는다. 집에 들어가자고 하니 휠체어를 밀어달라고 한다.

재덕이는 스물아홉 살 청년이다. 9년 전 우리 옆집으로 이사 오던 날이었다. 느닷없이 구들장 깨지는 듯한 소리에 놀라 옆집으로 달려갔다. 웬일이냐 하니 어른 팔뚝만한 두께의 쇠 파이프를 안방 벽에 박고 있었다. 구석진 곳에 누워있는 아들을 운동시켜야 한다면서.

고등학교 2학년 때 교통사고를 당했단다. 머리를 다친 후유증으로 전신을 움직이지 못하는 1급 장애인이 되었다고 한다. 앉지도 서지도 못하는 아들이 제 손으로 밥도 못 먹는 걸 지켜보는 엄마의 마음은 오죽할까. 이웃인 내 마음도 저미듯 아픈데. 오랫동안 입원해 있어도 차도가 없어 퇴원하게 되었다고 했다.

쇠파이프에 굵은 광목천을 새끼처럼 꼬아 맨 끈을 붙잡고 가까스로 일어나서는 두 줄로 박혀 있는 쇠파이프를 잡고 걷는 연습을 하도록 만든 것이었다. 처절한 몸부림이었다. 그렇게 방안에서만 생활하던 재덕이가 작년 봄 어느 날 집 밖으로 나오게 되었다. 엄마의 허리를 잡고 따라다녔는데 올봄부터는 혼자 나온다. 감사의 인사가 절로 나왔다. 온 가족의 힘과 본인의 의지로 머지않아 목발 없이도 잘 걸을 수 있으리라 확신한다.

어느 때는 성질이 광폭해지고 감정을 추스르지 못해 힘들다고 한다. 왜 아니 그렇겠는가. 사지 멀쩡한 사람도 수시로 변덕을 부리는데. 자괴심과 염세를 극복하기가 얼마나 어려울까. 충분히 알 것 같다. 한바탕 전쟁을 치른 후에는 자신이 죽으면 아들을 돌봐줄 사람이 없으니 아들이 제발 먼저 죽기를 바란다는 재덕이 엄마의 한탄이 이어졌다. 느닷없는 날벼락에 절규했을 재덕이 엄마의 심정이 생전의 내 어머니 심정일 터, 언제까지 고통의 세월을 보내야 할지 속이 탄다.

삶의 비상구를 찾기 위한 재덕이의 몸부림은 계속될 것이다. 지나온 나의 삶이 그러했기 때문이다. 그래도 재덕이에게 들려주고 싶은 말이 있다. 이렇게 좋은 봄날에 목발을 짚고서라도 살아있음이 축복이라고. 아름다운 꽃과 나무들을 바라볼 수 있다는 것만도 다행스럽고 고마운 일이라고. 그러니 열심히 살아가자고. _ 1997

{ 집들이 }

오늘 집들이를 했다. 여러 친인척들이 와서 축하해주었다. 시누님은 연신 등을 두드려주며 용돈까지 쥐여주셨다. 대모님은 현관문을 들어서자마자 끌어안고는 장하다고 눈물을 글썽이더니 커다란 십자고상을 거실 벽에 걸어주셨다. 정성으로 만든 음식을 먹으며 왁자한 정담을 나누다가 흩어졌다.

손님들이 떠나간 집안은 고요하다. 베란다 문을 열었다. 초겨울의 밤공기가 상쾌하다. 오늘따라 밤하늘에는 별들도 촘촘하다. 공기와 별조차 나를 어루만지며 축복해 주나 보다. 저 별들 속에 엄마별도 있겠지. 엄마 생각이 간절한 밤이다. 살아계시면 얼마나 좋아하실까.

멀리 신작로를 내려다보니 꼬리를 물고 달려가는 자동차의 미등들이 네온처럼 반짝인다. 내가 집을 사다니! 그리 넓지는 않으나 내게는 과분하다. 두 아들은 각자의 방이 생겼고 맘대로 뒹굴 수 있는 거실까지 갖춘

집. 고대광실이 부럽지 않다. 드디어 해냈다고, 장하다고 자찬하며 웃어 댄다.

종일 햇빛 한 자락도 들지 않는 지하 셋방에서 살았었다. 장마철에는 벽지에 곰팡이가 슬고 악취가 지독했다. 어린 자식들은 자주 감기에 걸 렸다. 애들 기관지가 나쁘다는 의사의 말은 비수가 되었다. 어렵사리 일 산 임대 아파트에 당첨되었을 때는 뛸 듯이 기뻤는데 남편이 분양계약서 를 갖고 가출하는 바람에 무산되고 말았다. 밤새 뒹굴며 울었다.

겨우 정신을 추슬렀다. 사슴 같은 눈망울로 나만 바라보는 자식들을 외면할 수 없으니 일어나야만 했다. 두고 봐라, 오기를 내자 의욕이 치솟 았다. 다시 시작하는 심정으로 악착같이 살아냈다. 마침내 꿈을 이루었 다. 지상의 고층 아파트 입주의 꿈을.

멋진 풍광을 즐기고 싶었고 무엇보다도 햇빛이 절실했다. 종일 햇살이 들어오는 남향집에서 다양한 화초를 키우고 싶었다. 향기가 천 리까지 간다는 천리향도, 가정에 행운을 불러들인다는 빨간 열매의 천만금과 기 품 있는 난도 기르고 싶었다.

내 방도 생겼다. 독서하고 글 쓰고 기도할 수 있는 나만의 공간을 소원 했다. 자식들이 엄마는 용감했다고 말해주니 더 기쁘다. 밖으로만 돌던 남편도 제 자리로 돌아왔다. 온 세상을 다 가진 기분이다.

밤이 깊어간다. 바람도 수고했다고 나를 쓰다듬어준다. 베란다 문을 닫고 거실로 들어와 소파에 누워본다.

아늑하다. 아아, 꿈에서도 간절했던 내 집! 더 이상 바랄 것이 없다.

_ 2005

{ 출근길에서 }

　　초겨울이다. 거리는 스산하다. 나뒹구는 낙엽들이 계절의 낭만이던 시절도 이미 옛날이다. 더군다나 엊저녁에 내린 비로 눅눅한 땅에 널브러져 있는 낙엽들은 수많은 발길에 채이고 밟힌다. 가로수들도 제 빛깔을 잃고 누렇게 떠 있다. 이맘때면 거리는 낙엽들로 지저분하다. 진녹색의 싱그러운 가로수와 맑은 하늘이 간절하게 보고 싶은 날이다.

　　근처 놀이터를 가로질러가다 위층에 사는 여자와 마주쳤다. 그녀는 그 시간이면 애완견을 데리고 산책하러 나온다. 을씨년스러운 날씨에도 불구하고 어르신 몇 명이 운동기구를 이용하여 몸을 풀고 있다. 초등학교 앞을 지나가는데 마주 오던 사람이 왜 모른 척 하냐면서 내 어깨를 친다. 아래층에 사는 예나 엄마였다. 운동모자를 눌러쓰고 있으니 누군지도 몰라봤다. 벌써 정발산까지 가서 운동하고 오는 모양이다. 나는 언제쯤에나 저런 여유를 가져볼까. 어느 세월에나 느긋하게 운동화 끈을 매는 여유를 가져볼 수 있을까.

길 건너 정류장 앞까지 왔다. 이른 시간에 자동차들만 경적을 울려대며 달려간다. 사람들은 무표정으로 종종걸음을 재촉한다. 타고 갈 버스가 다가오기도 전에 앞 사람을 밀치며 올라탄다. 나는 지하철을 타러 간다.

경로석을 흘깃했다. 빈자리가 보인다. 경로석에 앉을 나이는 아니지만 오늘은 꼭 앉아 가고 싶었다. 빈자리에 엉덩이를 밀어 넣었다. 고약한 냄새가 났다. 옆자리 남자의 술 냄새. 잠도 덜 깬 모습에다 게슴츠레한 눈빛조차 불쾌하다. 거친 숨을 몰아쉴 때마다 악취를 풍긴다. 일어서야 하나 버텨야 하나 갈등하다. 참아보기로 하고 고개를 돌린 채 눈을 감는다.

무슨 고민이라도 있기에 저 지경이 되도록 마셨을까. 남의 시선도 아랑곳하지 않은 채 자신을 잊고 싶었던 것일까. 맨정신으로 사는 것이 힘들어 술의 힘을 빌렸던 것일까. 상대도 해주지 않는 옆 사람에게 혼자 횡설수설 넋두리까지 풀어댄다. 무슨 할 말이 그리 많다고.

짜증 나는 출근길이다. 어찌 좋은 꼴만 보고 살겠는가. 이 순간이 지나면 바로 잊히고 말 하찮은 사건일 뿐, 생각을 말자. 불쾌한 감정을 애써 털어버리며 지하철 역사를 빠져나왔다. _ 1997

내 고향은 중국 시추입니다. 이름은 코비죠. 동그란 눈동자와 긴 속눈썹이 매력적이게 생겼답니다. 그런데 하느님도 무심하시지, 제 코를 만드실 때 깜빡 졸았나 봐요. 하늘 향해 뚫린 콧구멍은 아무리 봐도 못생겼다는 생각이 드니까요.

엄마 곁을 떠나 이 집으로 오던 날은 종일토록 비가 내렸어요. 새 주인 엄마는 좋은 사람 같았어요. 저를 가슴에 꼭 안아 주셨거든요. 중학생인 막내 형은 저를 보자 입이 함지박만해지더니 번쩍 들어 안아주었지요. 그러다가 갑자기 두 다리를 잡고는 공중 돌리기 하지 않겠어요? 혼이 쏙 빠지는 신고식이었지만 가끔은 데리고 나가 놀아주고 친구 집에도 데려가곤 해서 금방 친해졌어요.

아침부터 햇살이 거실까지 길게 들어와 앉은 어느 날입니다. 제가 신문지 위에 실례해 놓은 것을 주인 엄마가 미처 치우지 못했어요. 내가 한

짓인 걸 잊어먹고는 이게 뭐지? 슬금슬금 다가가서는 냄새를 맡아봤지 뭐예요. 야릇하면서도 구수한 냄새였어요. 이거 먹어봐? 어디 한 번만, 하며 입을 갖다 대는 순간 커다란 발길질에 걷어차였습니다. 한방에 나가 떨어졌지요. 출근 준비하고 있는 주인엄마 곁으로 냉큼 도망쳤어요.

"아니, 저 개새끼가 지 똥을 처먹잖아."

화가 난 주인아저씨가 엄마에게 일러바칩니다.

"에이, 더럽게 똥을 왜 먹어. 배고팠니? 배고프면 밥을 달래야지."

배가 고프지는 않았어요. 주인 엄마는 껌이나 과자와 통조림을 사다 주서서 잘 먹고 지내거든요. 엄마는 나를 화장실로 데려갑니다. 이빨 닦기와 목욕하기는 정말 싫어요. 목욕을 며칠 전에 했는데 그만 일을 저질 러버렸으니 어쩌겠어요. 얼마 후 주인엄마는 한 마디 던지고는 서둘러 집을 빠져나갔습니다.

"코비야! 집 잘 봐라. 너 때문에 오늘도 지각이다, 지각"

저는 그때부터 혼자랍니다. 집안을 돌아다니다가 졸기도 하고 복도 앞으로 가서 지나가는 사람들 발자국 소리에 헛기침도 하면서 식구들을 기다리지요. 맨 먼저 막내 형이 학교에서 돌아옵니다. 잽싸게 달려가 매달렸어요. 저를 안고 방으로 들어가다가 아침 일이 떠올랐나 봐요.

"너 똥 먹었다며? 에이, 더러워." 하더니 침대로 내동댕이쳤습니다. 혼비백산 눈물까지 났다니까요. 이빨도 닦아 냄새도 안 나는데. 그래도 어쩌겠어요. 참아야지.

해가 저물녘이면 주인엄마가 오십니다. 엘리베이터 문이 열리는 동시에 발자국 소리가 들립니다. 엄마 발을 감싸 안고는 치대고 비비고 온갖 오두방정을 떨어댄답니다.

"잘 있었니? 코비야. 그래, 알았어. 그만해."

주인엄마는 옷 갈아입을 새도 없이 주방으로 갑니다. 맛있는 냄새가 나기 시작하지요. 저는 거실 바닥에 길게 눕습니다. 고기반찬을 주실 거라 기대하면서요.

엄마의 뒷모습을 바라보며 엄마도 힘들겠다는 생각을 했어요. 주인아저씨가 성질이 급하거든요. 말로 해도 될 일을 손부터 올릴 때가 있는데 그럴 때는 정말 무섭더라고요. 고작 막내형이 머리에 젤을 바른 것 때문에요.

"학생이면 말이야. 학생다워야지 말이야!"

화가 치밀어 오른 아저씨께 엄마가 눈치도 없이 불을 붙였지 뭐예요.

"말끝마다 성모 마리아님은 왜 불러요? 으이그 좁쌀."

"뭐야?"

저는 불똥이 내게도 튈까 식탁 밑에 숨어 눈치만 살피고 있지요. 주인 아저씨는 말끝마다 '말이야, 말이야' 그래요. 저도 마리아를 왜 저렇게 불러댈까 궁금했거든요.

오늘은 아저씨가 오실 시간이 지났으니 늦나 봅니다. 엄마가 형한테 전화해 보라고 하네요.

"엄마, 아빠가 지금 회사인데 회식하고 늦어 기숙사에서 주무시고 내일 아침에 경주로 가신다고 기다리지 말고 자래요."

엄마는 알았다고 하면서 '술 많이 마시면 안 되는데' 혼잣말을 합니다. 저는 환호성을 지릅니다. 엄마를 독차지할 수 있기 때문이지요. 엄마 팔을 베고 잘 수도 있거든요. 우선 엄마 곁에 길게 누워 텔레비전을 봅니다.

그런데 잠시 후, 이상한 소리가 들려왔어요. 한 발짝 앞으로 두 발짝 뒤로 끌듯이 걷는 소리. 술 드셨을 때의 아저씨 발자국 소리랍니다. 엄마는 그새 잠이 드셨네요. 방안으로 들어오신 아저씨는 푹 고꾸라집니다. 나의 소망은 처참하게 무너지고 말았어요. 행복은 잠깐뿐이었어요. 또 기회가 오겠지요? _ 2001

{ 화분 }

우리 집 베란다에는 화분이 여러 개 있다. 우리 집을 갖게 되면 꽃들을 키우리라 다짐했다. 환경 호르몬 방지에 효험이 있다는 고무나무와 산세베리아부터 들여왔다. 대모님은 우아한 귀족풍인 난을 신고 오셨다. 작년 거제도 여행길에서 사온 동백꽃도 있다. 천리향이 있고 벤자민도 있다.

어느 해 늦은 봄 퇴근길이었다. 공터에는 이런 팻말이 박혀 있었다.

'여기에 작물을 심지 마시오. 주인 백'

그런데도 상추랑 고추 따위가 잘 자라고 있었다. 며칠 후 지나다 보니, 땅 주인이 집 지으려고 했는지 아니면 경고를 무시해서 화가 났는지 작물들이 모조리 뽑혀있었다. 철쭉도 뿌리째 나뒹굴고 있었다. 꽃망울까지 달려 있는 철쭉을 우리 집으로 가져왔다. 해를 거듭할수록 몸피를 늘려가더니 지금은 자리를 제일 많이 차지하고 있다. 늦가을부터 이른 봄까지 붉디붉은 꽃으로 온 집안을 환하게 해준다.

자기네 집은 북향이라 화초가 되지 않는다면서 우리 집을 부러워하던 지인도 선인장을 들고 왔다. 그 선인장이 올봄에 드디어 꽃을 피워 올렸다. 가늘고 기다란 꽃대 위에 아기 손톱만 한 꽃이 앙증맞다. 그 앞에 쪼그리고 앉아 한참을 들여다본다. 보고 또 봐도 신기하다.

요즘은 장마철이다. 종일 비가 쏟아지더니 저녁 무렵에는 그쳤다. 화분에 물 주다 보면 가끔 지렁이가 나올 때도 있다. 흙 속에 묻혀 있다가 서늘한 저녁이면 기어 나오는 것이다. 그러다 어느 틈엔가 사라지고 없다. 우리 베란다에는 이렇게 여러 식구들이 정답게 모여 살고 있다. 어느 날 화분에 물 주다 보니 그 예쁘고 앙증맞은 꽃의 목이 잘려 있다. 강아지 짓이었다. 내가 저를 예뻐하는 줄 알았는데 꽃만 바라보니 질투가 났던가 보다. 꽃을 따먹었다.

"야, 너는 눈도 없냐?"

하도 안타까워서 강아지 다리를 잡고는 종주먹을 들이댔더니 눈치를 보며 아양을 떤다. 강아지, 나라의 공격에서 보호하기 위해 높은 곳에 올려놓았지만 소 잃고 외양간 고친 격이었다.

화분을 가꾸고 애완견을 끼고 뒹구는 순간들이 내게는 휴식이다. 지친 마음을 느슨하게 풀어 놓는다. 우리는 서로에게 기대어 살아가는 것 같다. 사심 없고 천진스러운 마음으로 바라보며 세상이 참 아름답다고 찬탄하기도 한다. 몇 개의 화분과 두어 그루의 나무가 어우러진 우리 집 베란다에 서면 더 이상 부러울 것이 없다. 늦게나마 이런 여유가 주어진 내 삶에 감사한다. _ 2012

이미 세상에 태어나서 모진 장애를 얻었지만
이왕 살 바에는 남보다 더 인간답게 살자는 각오를
너 스스로에게 주입시킨 거야.
얼마나 대견한지 스스로 머리를 쓰다듬어주고 싶더라.

4

내가 나에게

내가 나에게

국회의원 선거날이라 늘어지게 늦잠을 자고 났다. 침대에 누운 채로 팔을 뻗어 리모컨을 잡았지. 텔레비전에선 '승승장구'라는 프로가 뜨더라. 네댓 명의 MC들이 인기 연예인이나 유명 인사들을 초대해서 그 사람의 굴곡진 인생사를 문답 형식으로 대담하는 프로이지. 끝으로 자신이 자신에게 한마디 하라는 말로 끝을 맺는데, 그걸 보면서 나도 나 자신에게 해주고 싶은 말이 있어서 펜을 들었단다.

연재야!

갑자기 네 이름을 부르니 마음이 울컥해지는구나. 너는 젊은 시절 광나루 강가를 내려다볼 수 있는 워커힐 근처에서 살았지. 시간이 날 때마다 혼자서 늘 가던 곳이 광나루 강가였지. 언덕 위 편편한 돌 위에 앉아서 바라보던 석양이 지금도 생각난다. 노을이 질 때면 은빛 물결이 수줍은 새색시처럼 붉게 변하곤 했단다. 그 풍경은 정말 혼자 보기 아까울 정도로 아름다웠단다.

강물은 언제나 유유히 흘러 물비늘을 반짝이며 나를 반겨주곤 했단다. 아무것도 아닌 일로 고민을 하다가도 그곳에만 가면 마음의 안정을 느끼며 편안함을 선물로 안고 집으로 돌아오는 발걸음은 한결 가벼웠지. 워커힐 동산을 한 바퀴 돌아 언덕길을 내려올 때마다 코끝을 간질이며 휘감기는 아카시아 꽃향기도 그지없이 행복을 만끽하게 해주었단다. 그렇게 순수하고 맑았던 사춘기 시절을 아무런 불행 없이 순탄하게만 살아준 삶이었으면 얼마나 좋았겠니?

연재야!

어느해 봄이었어. 어찌 잊을 수 있을까, 그날을. 친구들과 내일은 그 시대의 유명한 가수 남진의 리사이틀이 열리는 곳에 가자고 약속했던 그날 밤, 느닷없이 찾아온 불청객, 그 무서운 열에 들떠서 그만 혼절하고 말았단다. 병명은 뇌막염이었어. 의사는 가망이 없다며 만에 하나 살아나도 장애를 얻을 경우가 많다고 해서 엄마를 까무러치게 했다지. 그때 너의 나의 열일곱 살이었어. 그러던 어느 날, 네 귀에 엄마가 애절하게 내 이름을 부르는 소리에 눈을 떴는데 그것이 보름만이었다고 하더라. 지금도 기억하는데 먼 산에서 아련하게 들려오는 듯한 엄마가 너를 부르는 그 애끓는 목소리를 마지막으로 청력을 상실했어. 하느님은 그래도 엄마 목소리를 마지막으로 들려주셨던 거야. 네가 이 세상에 무슨 미련이 있어서 눈을 떴을까. 그냥 죽지. 그렇게만 됐다면 굴곡진 인생길을 휘이휘이 넘어오지 않아도 되었을 것을….

연재야!

그 후 네 삶이 어땠을까. 지금 생각해도 가슴이 먹먹해지는구나. 듣던 사람이 하루아침에 모든 인간사의 언어를 들을 수 없게 되었을 때, 그것처럼 황당하고 좌절된 일이 어디 있겠어. 상대방이 무슨 말을 하는데 알아들을 수 없는 그 안타까움과 절망감을…. 피눈물 흘렸을 네가 가엾구나. 자신에게 닥친 시련에서 얻게 되는 모멸감 또한 견딜 수 없이 슬펐을 거야. 거기에서 얻게 되는 고충과 소외감은 네가 살아도 사는 게 아니라 절망의 늪으로 깊이 빠져들어 갔겠지. 삶이 허망했고 인생이 억울하고 얼마나 분했겠니. 삶의 의미가 한없이 무의미해졌겠지. 네가 살고 있다는 것이 우습고 부끄럽기만 했어. 너의 운명은 이미 뒤틀려져서 되돌이킬 수 없다는 그 처절했던 몸부림, 그 고통은 차라리 죽음만이 편안한 길일 거라고 생각도 했어. 그때는 왜 그렇게 죽음의 그림자만 네 앞에서 알짱거렸는지…. 그리고 죽음은 언제나 허용된 자유인 줄 알았을 거야. 그러나 너는 그건 어리석은 착각이었다는 것을, 죽음이란 인간이 마음대로 할 수 없다는 것을 아는 데 그리 오랜 시간이 걸리지 않았어.

그때 네 앞에 나타난 분이 오 신부님이었지. 이제 갓 스무 살이 된 여자에게 닥친 불행을 듣고 같이 아파해 주셨단다. 네 인생의 분기점에서 치명적인 절망감에 빠져서 어두운 터널을 빠져나오려고 발버둥 치는 그 길목에서 신부님을 만난 것은 행운이었어. 많은 기도를 해주셨고 바쁜 중에도 늘 시간을 비워주셨지. 그리고 입모습만으로도 얼마든지 상대방과 대화를 할 수 있다는 말씀도 해주셨어. 또 고통을 통해서 진실한 삶과 가까워질 수 있고, 용서를 통해 승화할 때 그 삶은 결코 절망적이지만은 않다고 수도 없이 말씀하셨지. 결국은 희망의 감동을 받게 된다고 누누이 격려해주셨고. 종교 덕분인가, 아니면 이미 체념에서 얻은 지혜인가. 너도 이미 주어진 숙명론자적인 의식 속에서 절망만 한다는 것은 자신을 더욱 피폐하게 만들 뿐이라는 것을 알아차렸어. 이왕 생명을 얻었다면 긍정적으로 너의 자신과 화해하고 너 스스로도 자신을 가엾게 생각해서 자신에게 헌신하자는 의지를 가지려고 노력하게 됐단다. 지금 생각해도 대견한 발견이었지. 이미 세상에 태어나서 모진 장애를 얻었지만 이왕 살 바에는 남보다 더 인간답게 살자는 각오를 너 스스로에게 주입시킨 거야. 얼마나 대견한지 스스로 머리를 쓰다듬어주고 싶더라.

그런데 지금 놀라운 것은 연재야!
너의 삶이 그렇게 많이 흘러왔다는 사실을 모르고 살아왔다는 것이야.

가끔은 투명한 햇살을 가만히 바라보거나 장미를 코끝에 대어 향기를 맡아보려고 한 적 없이 살아왔다는 거야. 그저 긴 하루가 지나면 오늘도 하루해가 지는구나, 하는 탄식은 했을지언정. 그저 누우면 자기 바빴고 아침에 눈 뜨면 출근하는 일상적인 삶이 무미건조했다는 걸 깨닫게 되었어. 그동안 네 얼굴에도 자글자글한 주름살이 무심히 흘러온 세월을 말해주고 있구나. 따지고 보면 슬픈 인생살이였지만 어찌 보면 당연한 인간들의 삶의 한 단편들이 아닐까 싶어. 지금까지의 삶이 아픔으로 얼룩진 것만은 아니었다는 생각도 하게 된다.

결혼한 큰아들, 사랑스러운 손주도 있고, 승부욕이 대단하고 그만하면 멋진 막내아들도 옆에 있으니 내가 살아온 것이 결코 고통과 아픔으로 굴곡진 삶만은 아니었노라고, 새삼스레 큰 의미와 위안을 두고 싶단다. 행여 누가 듣지 못하는 삶을 어찌 살아왔느냐고 묻는다면, 내가 소리를 잃기 전에 들었던 새 소리, 바람 소리를 다시 들을 수 없을지라도 그 소리는 이미 영혼으로 들을 수 있었노라고 대답해 주고 싶다.

이제 나도 인생의 가을 문턱을 지나고 있다. 삶에 대한 애착이야 크겠지만 오늘은 이쯤에서, 그래도 사는 날까지 이 지상에서 앞으로 내 삶의 몫을 한참 더 살고 난 다음에 나는 너에게 하고 싶은 말을 마무리하려고 한다. _ 2015

늘 그리운 언니에게

LA 공항에서 안겼던 언니의 품에서 벗어나 아쉬운 작별을 하고 귀국한 지 벌써 4개월이나 되었습니다. 그동안 계절은 바뀌어서 지독하게 무덥던 여름도 가고, 지루하던 장마도 끝나 가을바람이 선들선들 제법 고개를 들고 부네요.

오늘따라 언니 생각이 납니다. 언니를 만나보고 한 달 열흘을 살다 왔는데 지난 몇십 년은 어떻게 살았는지 모르겠습니다. 나는 언니네가 미국으로 이민 가리라는 생각은 물론 짐작도 못 했습니다. 나는 나대로 사춘기 시절에 무진장 방황을 하던 시기가 있었지요. 평생 장애인으로서 가족에게 짐이 된다는 사실이 견딜 수 없이 힘들었습니다. 그래, 무작정 떠난 곳이 80년대의 부산 땅이었습니다. 그곳에서 6년여의 자립 생활은 지금 생각해도 대단한 의지력이었습니다. 집에는 소식 한번 주지 않고 혼자 어떻게 하든 성공하려고 노력했으니까요. 보란 듯이 성공하기 전까지는 집에 연락하지 않겠다는 아집도 한몫했습니다. 그러고 보면 지금 내가 집 한 칸이나마 지니고 사는 것은 어찌 보면 대단한 생활력을 가진 성격의 소유자이기 때문에 가능한 게 아닐까요. 자화자찬이라도 좋네요. ㅋㅋ

그러나 언니! 엄마는 이런 저를 '딸이 죽은 지도 모르고 살고 있다'면서 언니에게 하소연하셨다지요.

언니요! 어리석게도 나는 엄마가 돌아가시리라는 그 인간의 순리를 몰랐습니다. 언제까지나 나를 기다려 주실 거라는 그 믿음이 한순간의 모래성처럼 사그라졌습니다. 엄마가 돌아가셨다는 소식은 마른하늘에 날벼락과도 같았습니다. 온몸의 피가 멎는 듯한 충격이었지요. 서울에 왔을 때 언니네는 이미 미국으로 떠나고 없었어요. 두 번의 충격이었지요. 이제 언니를 볼 수 없다는 말인가? 볼 수 없다는 것, 그 막막함은 엄마의 죽음과 별반 다르지 않았지요. 지금이야 쉽게 오고 갈 수 있지만 40여 년 전에는 외국 가기가 쉽지 않았으니까요. 나중에 작은언니 말을 듣자니 형부의 사생활 문제가 언니를 떠나게 했더군요. 그 당시 언니네 삼선동 한옥은 정말 정갈하고 좋았습니다. 대가족 중에 언니네가 제일 잘살았지요. 좋은 옷, 구두 같은 것 많이 얻어 입거나 안 주면 뺏어 입어서 제 입성은 언니 덕분에 고급이었지요. 그 좋은 살림살이 외에 모든 것을 다 버리고 어린 두 아들을 데리고 떠나야 했던 언니, 지금 생각해도 가슴이 먹먹해지네요. 그렇게 떠난 언니는 고국으로 나올 생각 없이 살았다지요. 언니는 그 숱한 세월을 다 버린 다음 5년 전에 우리 앞에 왔지요. 자매 중에 제일 예쁘고 세련됐던 언니의 모습은 그때나 지금이나 고왔지요. 그 후 4년 전과 지난 5월에 제가 미국 언니의 집을 방문했지요. 어린 시절에 보았던 조카들은 이미 장성해서 한 가정의 가장이 되어 처자식을 거느리고 있었어요. 세월이 무섭다는 것을 또 한 번 절감했지요.

언니요! 언니는 그곳에서도 깔끔하게 거실을 장식해 놓고 예쁘게 살고 있었어요. 그러나 두 아들 분가시키기까지의 혼자서의 생활이 어땠으리라는 것은 말하지 않아도 알 것 같았습니다. 주방의 그릇들, 냄비들은 몇십 년을 썼다는 것이 그을음 하나 없이 새것과도 같았습니다. 내 집의 냄비를 생각하니 부끄러워지더라고요. 귀국하면 다 버리고 새로 사야겠다고 생각했는데 그냥 쓰고 있습니다. 많이 타면 버리고 그냥 설렁설렁 삽니다. 언니가 내년에 나오기 전에 새로 장만하려 합니다. 그리고 언니에게 "이거 한 3년 썼을 거예요."라고 할 거예요. 푸하핫!

언니! 지난번 미국 갔을 때 여기저기 손수 운전하면서 내가 모든 것이 새롭고 경이로워 감탄하면 "이것보다 더 좋은 것 보여줄게" 했지요. 그리고 그 이튿날은 진짜 더 좋은 곳에 데리고 가주었지요. 심지어는 빨래까지 해주셨어요. 밥 먹고 나서 설거지라도 할라치면 네 집 가서 하라고 손에 물 하나 묻히지 못하게 했지요.

　귀국하기 전날, 언니는 다시 못볼 것처럼 모든 정성과 애정을 보여 주셨어요. 월남쌈을 싸주면서 많이 먹으라고 권하셨지요. 울먹여져서 목에 넘어가지 않았어요. 장거리 운전하고 다니면서 일일이 신경 쓰고 힘들었을 텐데 언니는 힘들다는 내색 한번 없었어요. 언니, 계획대로 내년 봄에는 언니가 나온다는 약속 잊지 마세요. 그리고 출국할 때 그곳에서는 구할 수 없는 국산 농산물 많이많이 사드릴게요. 늘 그리운 언니, 항상 건강하길 바랍니다.

2013년 9월 21일

연재가

큰아들에게

아들아!

오늘은 하늘이 푸르구나. 이런 날은 움츠러들었던 어깨가 펴지는 것 같다. 자동차가 있다면 드라이브라도 하고픈 날씨구나. 올해도 벌써 반년이나 지났다. 가는 세월을 어찌 잡을 수 있으랴. 인간은 출생에서 죽음에 이르기까지 수많은 인연의 고리를 맺으면서 살아간다지. 때로는 고통스러운 삶에 저항도 하지만 그러한 시간을 견뎌내는 것 또한 인간의 몫이겠지.

내가 살아온 삶은 너도 알다시피 참으로 처절했던 것 같아. 그 험준한 산을 넘을 수 없을 것 같은 절망감에 사로잡힐 때도 많았어. 넘어놓고 보니 넘을 만했다 싶은 것은, 고통의 기억도 세월 속에 희석되어 엷어졌기 때문인가 봐. 어느새 너도 장성해 한 집안의 가장이 되었구나.

엄마가 살아오면서 가장 잘했다 싶은 것은 너와 동생을 만난 거란다. 어렸을 때는 넉넉지 못한 환경으로, 지금은 아빠의 빈자리를 대신해서 힘들게 한 것 같아 미안하구나. 예민한 청소년기에도 투정이나 어리광

한 번 부려보지 못한 네가 안쓰러워 눈시울이 뜨거워질 때도 많았지. 엄마가 지난번 입원했을 때 간호해줘서 고마워. 고맙다고 말하면 이렇게 대답하던 너.

"아들로서 누구나 할 일이에요."

"엄마가 이렇게 된 것도 제 잘못이에요."

진정성이 느껴져 얼마나 큰 위안을 받았는지 모른단다.

아들아, 이번에 집 넓혀 이사한 것 축하한다. 대부분이 어렵게 시작하지만, 노력 뒤에는 보상이 따르듯 너의 성취가 보여 얼마나 기쁘던지. 이제 동생도 전역했으니 엄마에 대한 마음의 부담이 좀 덜어지겠지. 우리의 인연에 감사하며 앞으로도 열심히 힘 모아 잘 살아가자꾸나. 네가 있어 참 든든하다.

편지마을 모임에서 창립 20주년 기념 단행본에 실을 편지를 보내라 했을 때는 누구에게 쓸까, 무슨 말을 하나, 한동안 막막했단다. 네게 쓰기 시작해서 지난날을 돌아보며 마음을 전하다 보니 편해졌단다. 늘 좋은 날 되고 언제나 행복하여라. 미국에 잘 다녀오마. 무한한 사랑을 보내며 건투를 빈다.

2009년 어느 날

엄마가

사랑하는 막내아들에게

네가 어느새 고등학교 2학년이 되었구나. 기억나니? 어느 날이었지. 학교에서 돌아온 네가 마냥 반갑고 좋아서 거실을 닦던 걸레를 들고 너를 따라 방으로 들어간 내게 그랬지.

"엄마, 오늘 학교에서 부모님이 장애인인 사람을 손들어보라고 해서 그렇게 했어요."

나는 순간 가슴이 덜컥 내려앉았단다.

"잠자코 있지 뭐하러 손들어? 괜히 아이들이 놀리거나 왕따라도 당하면 어쩌려구."

"엄마, 그럴 리도 없구요. 이건 부끄러운 일도 아니잖아요."

그렇게 말하는 네가 고마우면서도 엄마 마음은 쓸쓸하고 속도 상했단다. 슬그머니 네 방을 나왔는데 잔뜩 어두운 내 마음과는 상관없이 햇빛은 눈부시게 거실 안까지 들어와 있더구나.

고등학교 졸업을 앞두고 뇌막염으로 소리를 듣지 못하게 되었지. 엄마 앞길에 쳐진 장막을 걷어 내려고 아무리 발버둥 쳐도 이미 운명으로 내려진 형벌은 너무 가혹했어. 꽃다운 시절에 내려온 불행으로 더듬이를 잃은 곤충처럼 혼란스럽고 절망으로 몸을 가눌 수조차 없었단다. 그러나 어찌 되었든 인생은 살아가게 마련이었어. 세월은 강물처럼 흐르더구나. 엄마 나이가 삼십 고개를 속절없이 넘겼지 뭐니. 말하자면 혼기 넘은 노처녀가 된 거야. 그래도 엄마는 결혼은 생각지도 않았단다. 그저 평생 혼자 살겠다는 생각으로 미싱 자수 기술을 배워서 그것으로 생활 기반을 잡고 자립하려고 했단다.

그런데 말이야, 내 운명의 페이지에 결혼의 장도 있었던지 네 아빠를 만나서 결혼했구나. 아이는 갖지 않으려고 했단다. 왜냐하면 그 아이가 자라서 자기 엄마가 장애인이라는 걸 알게 되었을 때 가슴 아파할 것이 두려웠단다.

사람의 마음이란 그렇게도 간사한 걸까. 네가 나에게 왔을 때 나는 내가 언제 그런 말을 한 적이 있더냐 하며 너를 놓칠세라 꼭 움켜쥐었단다. 네 외숙모가 반대를 했지. 내가 뇌막염을 앓았기에 그 후유증으로 아이가 장애아로 태어날지도 모른다는 이유로. 그러나 난 정말 이 아이를 낳아 기르고 싶다고 맞서자 엄마에게 인연을 끊겠다는 협박도 서슴지 않더구나. 걱정이 되었지. 그래서 엄마는 병원으로 달려가서 매달렸단다. 내 아이를 지키고 싶다고, 나에게 온 인연이라고.

의사는 내가 선천성이 아닌 후천적 장애를 입었기에 유전이 되지 않는다고 말해주었지. 마치 권투 시합에서 케이오승으로 이긴 선수의 팔을 들어주듯이 엄마의 팔을 번쩍 들어준 거지. 그때 눈시울을 적시며 올려다본 하늘이 어땠는지 아니? 얼마나 맑고 눈부시게 찬란하던지.

그러나 너를 움켜쥔 기쁨도 잠시, 네 아빠의 수입이 일정하지 않아 우리는 생활고에 시달릴 수밖에 없었단다. 나는 자식에게 가난을 물려주기 싫었어. 온전하지 못한 엄마를 만난 것만으로도 가슴 아픈데 아이에게 마음고생까지 하게 하는 것은 나 자신이 용납되지 않더라. 나는 결국 네 살 된 어린 너를 유치원 종일반에 보내놓고 직장에 다녔단다. 철없던 네가 아침 출근 시간에 쫓기는 나를 따라가겠다고 떼를 쓰고는 했지. 네 조그만 엉덩이를 때릴 때는 마음이 아프고 억장이 무너지는 듯했다.

생각나니? 네가 초등학교 3학년 때 말이야. '가장 슬펐던 일이 언제였나?' 하는 생활 조사서에 넌 이런 답변을 써왔더구나.

'엄마는 직장에 나가고 혼자 라면을 끓이다가 얼굴을 데었는데 엄마가 회사에서 달려오셔서 나를 보고 울 때 슬펐어요.'

아들아, 그게 어디 슬프기만 했겠니. 늘 곁에 없는 엄마에 대한 그리움, 원망으로 서럽기도 했겠지. 어린 너를 돌보지 못한 그때를 생각하니 지금도 가슴에 통증이 인다.

집으로 달려가서 너를 끌어안고 펑펑 울었지. 네가 한없이 가엾고 불쌍해서 가슴이 메이더라. 엄마가 여러 가지 속상한 일로 울면 옆에 앉아서 같이 울먹이던 내 아들. 이젠 훌쩍 자라서 내가 아플 때 설거지도 해주고 엄마 생일이면 미역국도 끓여줘서 감동 주는 그런 아들아. 지난 어버이날에는 아르바이트까지 해서 엄마 아빠 잠옷을 선물한 우리 멋진 아들이 나는 너무나 대견하구나.

누가 아들이 공부 잘하느냐고 물으면 나는 웃으며 이렇게 말한단다. "뭐, 중간 실력이면 어때요? 건강하게 잘 자라주는 것만으로도 고맙지요."

아마 일류 대학만을 희망하고 과외니 학원으로 쫓아내는 엄마들은 '세상을 모르는 엄마가 있나' 하고 비웃겠지만 엄마는 솔직히 그렇단다. 물론 실력이 월등해서 좋은 대학교에 가면 엄마 어깨가 으쓱하겠지만, 최선의 성적이 네 것 되는 거 아니겠니?

엄마는 들리지 않는 상태로 살다 보니 힘이 들고 어쩌다가 인간관계에서 모멸감을 느낄 때도 있었단다. 그때마다 나는 늘 너를 생각하고 삶의 의욕을 되새기곤 했단다. 질긴 밧줄로 맺어진 자식과의 인연은 하늘이 주신다고 하더라. 지구력까지 모자란 엄마는 네 옆에서 다정히 머리 한 번 어루만져준 적이 없지만 너는 성실하고 잘 자라주었지.

그리 넓지는 않으나 네 방을 따로 줄 수 있는 집을 마련해서 엄마는 이제 한시름 놓는단다. 돌이켜 보면 삶이란 미묘한 것이라고 느낄 때가 많단다. 하늘에 멀리 떨어져 있는 별처럼 아득하고, 풀 수 없는 수학 문제처럼 캄캄하다가도 이러저러한 지혜도 얻으면서 또 그렇게 살아지니 말이다.

늘 엉거주춤한 자세에서 세상을 바라보던 엄마가 이젠 허리를 펴고 하늘을 바라본단다. 오월의 하늘은 마치 네 웃음처럼 푸르고 싱그럽구나.

아들아, 늘 바둥거리던 이 엄마에게도 좋은 소식이 있단다. 내가 그동안 마음의 위안을 삼아 글공부를 해오지 않았니? 그런데 고맙게도 얼마 후면 수필가로 거듭나게 됐어. 듣던 중 반가운 소식이지? 너한테는 자랑하고 싶어. 그리고 어리광도 부려 보고 싶단다.

아들아, 이 엄마 칭찬 좀 해주지 않겠니? 그 누구보다도 너의 칭찬이 듣고 싶다. 우리 앞으로도 더욱 재미나고 성실하게 살아가자꾸나. 오직 내 존재의 이유인 내 둘째에게 그지없는 사랑을 보내며 이만 펜을 놓는다.

2003년 5월에
너와의 인연이 마냥 행복한 엄마가

상욱에게

아들아!

신록의 계절 유월이구나. 새벽인데 이 시간이면 저절로 눈이 떠진다. 얼마 전까지만 해도 눈 뜨는 순간 베란다 문부터 열어젖히곤 했는데 요즘은 바뀌었다. 네 방부터 들어가 본단다. 곤히 자는 네 모습을 보면 마음이 편해지더구나. 걷어찬 이불을 덮어주고서 네게 볼 맞춤을 하면 너는 잠결에도 엷은 미소를 머금지.

베란다 문을 열고 나와 하늘을 올려다본다. 밤새 내리던 비가 걷히고 날씨도 청명하니 싱그럽구나. 빗물에 씻긴 나무들의 초록빛도 한층 선명하다. 재작년에 아빠는 하늘나라로 가셨고 너는 군에 입대했지. 그 지옥 같은 시간을 어찌 보냈는지. 북적거리던 집안에 동그마니 혼자 남겨진 느낌을 어떻게 표현할 수 있을까. 무인고도에 혼자 내던져진 기분이랄까. 홀로의 시간을 상상조차 해 본 적이 없었던 나는 허공 속을 헤매는 듯했어. 내 마음이 그러하니 타인과의 관계도 건조해지고 삶은 시들해지더라.

어영부영 시간을 흘려보냈지. 영원히 반복될 것 같은 지루한 일상. 그 와중에 희망의 빛을 안겨준 분이 있었다. 자대 배치된 부대의 행정 보급

관님. 네게 감동했다고 하더구나. 4주 차 훈련병 때 최우수상을 탔던 네가 어떤 녀석인지 궁금해서 면담을 했다는 거야. 인상이 환한 네가 혼자 남아있을 엄마 걱정을 하더란다. 대견스러웠던 거지. 도와주고 싶은 마음도 생겼고.

군대는 대부분이 두렵고 불안한 곳이라는 고정관념을 갖고 있잖아. 엄마 역시 마찬가지였고. 그분은 군대도 사람 사는 곳이라며 걱정하지 말라고 누누이 강조하시더라. 영특한 아들이 상관으로부터 인정받고 있다는 사실에 한결 마음이 놓였어. 고된 훈련에다 땡볕에 그을린 네 모습이 짠해서 그리워하는 속내를 내비치면 꼿꼿하게 서서 "충성!" 포즈를 취한 네 사진을 보내주더구나. 그런 분을 만나다니 엄청난 행운이었어. 군 생활을 무사히 잘 마치고 당당하게 엄마한테로 달려왔던 너! 격정적인 포옹. 더는 바랄 것이 없는 최고의 기분. 너의 귀가로 해서 어둡기만 하던 집안이 일시에 환해졌지.

군에 다녀온 후로 너는 철없던 이전과 달리 의젓해졌다. 우선은 복학해야겠지? 그 외에도 할 일들이 끝없이 밀어닥치겠지만 젊음을 가졌으니 무엇이 걸림돌이겠니. 자신을 믿고 힘차게 헤쳐 나가기를 바란다. 늘 곁에서 응원하마!

2009년 6월

끝없는 사랑을 보내며, 엄마가

엄마 손녀지

아들아, 군 재대 후 몇 년의 세월이 훌쩍 지나갔고 너는 한 집안의 가장으로 우뚝 서 있구나. 장가 언제 갈 거냐고 물어보면 서른이 넘어 간다고 했었잖아. 그런가 보다 하고 재촉하지도 않았지. 늦은 저녁 어느 날, 너는 여자 친구를 데려와서 나를 놀라게 했어. 4년이나 사귀었다나. 대수롭지 않게 여기고 방으로 들어가려는 엄마를 너는 불러 앉혔지.

느닷없는 선전포고! 맞아, 선전포고였어. 전혀 예상치 못한 일이었으니까.

"엄마, 나 결혼할래!"

하더니 여자 친구 배를 가리키며

"애, 임신했어!"

라고 했지. 나는 저 녀석이 술 취해 헛소리하는 건가 해서 물끄러미 네 얼굴만 바라보았던 것 같아. 그러고는 사실이라는 실감으로 한숨을 푸욱 내쉬었지. 어디서 살 건가 물으니 1초의 망설임도 없이 엄마와 함께 살겠다고 했지. 어릴 때부터 결혼하면 엄마를 모시고 산다고는 했지만 철부

지의 헛된 공약으로 넘겼지, 그 약속을 누가 믿겠느냐고.

혼자 살다가 넘어지기라도 하면 어떻게 하냐는 염려 외에도 예상되는 걱정거리들을 열거하며 함께 살아야 할 이유라고 했었지. 엄마 혼자 두고 군대도 다녀오지 않았냐 하니 그때는 엄마가 젊었었다나. "요즘은 아들이 결혼하면 이민 갔다 생각하고 살아야 한다는 말부터 열 사람이면 열 사람 모두 분가시키라고 하더라"며 둘이 나가 오붓하게 살라고 했다. 왜 남의 말을 들어야 하냐면서 남들 의식할 필요가 뭐가 있다고, 우리만 잘살면 되는 거라고 나를 설득했지. 엄마는 못이긴 척 넘어갔고.

집 리모델링에 들어갔는데 나는 도울 수가 없었어. 계단에서 굴러 손목이 부러져 왼팔 전체를 깁스한 상태였으니까. 뒷일을 너희에게 맡기고는 오빠네로 도망쳤다가 한 달 만에 돌아왔지. 집은 깔끔하게 정리가 잘되어 있었어. 그런데 내가 장만했던 엔틱 가구들과 안방 침대와 3층 문갑과 식탁까지 없어진 거야. 세상에나! 모든 것을 너희 취향에 맞춰 백색 가구로 바꿔버린 거지. 피아노는 20만 원에 팔았다고 자랑까지 하고. 안타깝고 아까웠지만 어쩌겠어. 이미 지난 일인걸.

서른 넘어 결혼한다고 호언장담하던 네가 스물여덟 나이에 한 여자의 지아비가 되었다. 신혼여행도 다녀오고 가장으로서의 포부도 굉장했을 테지. 엄마는 엉거주춤 니들 사이에 끼어들었고. 네 처한테는 나는 신경 쓰지 말고 신랑하고만 잘 지내라 일렀지. 마냥 좋기만 할 것 같았던 신혼의 단꿈들도 현실 앞에서는 무력해지는 순간들이 얼마나 많은지. 부부의 갈등 또한 자연스러운 일이고. 각기 다른 환경에서 살아온 사람들이 엉켜 사는 것이 어찌 쉽기만 하겠니. 사람과 사람 사이의 감정이란 얼마나 복잡하고 미묘한지 너도 느꼈을 거야. 가끔 너희들이 티격태격할 때마다 엄마의 작은 심장이 졸아들었어. 저러다 말겠거니 방관자로 일관했더니 정말 그렇더라고.

퇴근길 버스 안에서 졸고 있을 때 네 연락을 받았어. 며느리가 분만실에 들어갔다고. 예정일이 열흘이나 남아 있는데. 곧이어 형의 문자도 왔어. 제수씨 진통으로 고생 좀 하겠다고. 잠시 후 신생아 사진 여러 장이 보내왔지. 어떤 단어로도 형용이 안 되는 그 감격이란! 기특하게도 진통한 시간 만에 아기가 나왔다며? 아빠 된 순간의 설렘과 떨림이 고스란히 전해져오더라. 신생아실 유리창 너머로 본 아기와의 첫 상봉에 얼마나 뭉클하던지. 너를 만나던 28년 전의 기억도 나고. 그때의 기분도 이랬던가. 이보다 더한 오묘한 신의 섭리가 또 있을까.

아기는 잘 자랐지. 언젠가 내가 심심했는지 몰라도 뜬금없이 물었지. 이 아기는 누구냐고. 당연히 본인 딸이라는 대답을 예상했는데 이렇게 대답해주었어.

"엄마 손녀지."

당연한 걸 묻는다는 듯이 천연덕스러운 표정의 너. 그때의 내 기분 상상도 못 하겠지. 너는 자식에게 최선으로 잘해주겠다고 했다. 고기도 먹고 싶은 대로 실컷 먹일 거라고. 네 아빠가 생각났던 모양이더라. 여유가 없어 서운하게 했던 일들이 떠올랐던 게지. 미안하구나. 우리 손녀는 부모를 잘 만났으니 다행이다.

상욱아, 어릴 때부터 돈 많이 벌면 엄마 귀를 고쳐주겠노라 하냥 다짐을 했었지. 너는 약속을 지켰어. 엄청난 비용이 드는 인공 와우 수술을 하게 해주었으니. 주변에서는 네가 효자라고 이구동성으로 칭찬하더라. 정작 엄마는 고맙다는 말조차 쑥스러워 하지 못한 것 같다. 고맙다, 아들아. 덕분에 엄마는 많은 소리를 되찾았단다. 주변의 소음과 사람의 음성도 들을 수 있고. 말소리가 기계의 잡음과 뒤섞여 또렷하게 들리지는 않지만 열심히 치료받고 있으니 차츰 더 좋아질 거야.

고난의 골이 깊을수록 축복을 많이 담을 수 있다더니 내가 요즘 그렇단다. 눈물로 보듬어온 우리 아들. 엄마의 아들로 태어나준 것 정말 고마워. 엄마가 지상에 없을 때 나는 어떤 엄마로 기억될까 궁금하다고 하니 네가 그랬지.

"울 엄마는 내 엄마로서 생활력이 강했으며 용감하게 살아오신 분!"

아무래도 내가 마음의 여유가 생긴 모양이다. 별 걸 다 궁금해하고. 참 우습지?

상욱아, 매장을 또 하나 늘렸다는 걸 얼마 전에야 알고 걱정이 되었었다. 매장이 두 곳이나 있는데 더 늘리는 건 욕심이 아닌가 싶어서였어. 이제는 믿고 지켜보며 응원할게. 부디 성공하길 빌겠다. 반드시 잘 풀려 어려운 이웃도 돌보며 살 수 있기를 빈다. 멀리로 가까이로 두루 살피며 살아가리라 믿으며 편지 쓰기를 마치련다.

2015년
사랑하는 막내에게 엄마가

사랑하는 어머니에게

어머니! 먼저 어머니를 크게 불러 봅니다. 가슴이 먹먹해집니다. 하늘을 올려다보며 크게 심호흡을 해봅니다. 왜냐하면 눈에 고인 눈물이 흘러내릴 것을 참기 위한 저 나름대로 터득한 방법이기 때문입니다. 그러고 보니 어느덧 무더운 여름입니다. 저녁으로 제법 바람이 불어오는 이때에 어머니는 어떻게 지내시는지요. 매년 이맘때쯤 고생하시는 기침은 없는지, 몸살을 앓고 계시는 건 아닌지 걱정이 됩니다.

저는 어머니께서 항상 염려해주시는 덕분에 몸 편히, 마음 편히 잘 지내고 있습니다. 이제는 군 생활이 익숙하다 못해 즐겁고 내 집마냥 아늑하고 편안합니다. 선임 병사들과도 매우 돈독한 관계를 유지하고 있고 후임 병사들과도 마치 장난기 있는 친형처럼 대해주려 노력하고 있습니다. 예전에 어머니께서 당부하셨던 "큰사람이 돼라"는 말을 늘 가슴에 새기며 큰 틀이 되는 나무 같은 사람이 되려고 노력하고 있습니다.

첫 휴가 나갔을 때 훈련병 시절 받은 최우수상장을 보여드렸을 때, "이것은 가문의 영광이다. 잘했다"며 이 아들을 대견해 하시며 눈시울을 붉

히시던 어머니가 생각이 납니다.

얼마 전에는 신병이 새로 들어왔습니다. 약간은 불안한 듯 긴장이 역력한 모습을 보면서 문득 제가 입대할 때가 생각났습니다.

작년 아버지가 돌아가시고 3개월 만에 입대하게 되었을 때 어머니와 저는 큰 슬픔에 휩싸여 있었습니다. 입대 날짜를 놓고 자꾸만 뒷걸음치는 저에게 어머니는 당신의 어려움은 생각하지 않고 "엄마 나이 한 살이라도 젊을 때 다녀오라"며 제 등을 떠미셨습니다. 덕분에 저는 지금 작대기 셋 달린 상병이 되었습니다. 어머니의 단호한 성격이 없었더라면 제가 이만큼 자라 이 자리까지 오게 되었을지 잠시 의문에 젖어봅니다.

그렇습니다. 저는 그때 어머니께서 해주신 이야기를 기억합니다. 어머니가 세상의 소리를 잃고 살다가 아버지를 만나 '상욱이'란 잘생기고 똑똑한 사내 한 명, 바로 저를 낳으셨습니다. 그러나 아버지의 사업 실패 이후 힘든 생활 환경 속에서 살아야 했지요. 하지만 어머니는 꿋꿋하게 어린 두 자식을 끌어안고 견뎌 내셨습니다. 철없던 나이에 이러한 모든 일을 겪으면서도 제가 비뚤어지지 않고 이만큼이나 자라온 것은 모두 저를 지켜주시고 받쳐주신 어머니의 사랑 덕분입니다. 고맙습니다, 어머니.

어릴 적 어머니가 소리를 못 듣는 장애인이라해서 창피하고 부끄럽다는 생각에 짜증과 투정을 부렸습니다. 지금은 죄송스럽고 부끄러워 고개를 들지 못합니다. 그러나 중학교 때부터 나 자신이 변했고 모든 일에 대해 능청스럽고 현실을 긍정적으로 바라보는 그런 사람으로 거듭나기 시작했습니다.

학교에서 부모님 장애인 조사할 때마다 움츠리고 아닌 척했던 마음에서 벗어나 손을 번쩍 들면서 당당하게 말했습니다. 장난이 아니었습니다.

난 우리 어머니가 누구보다 자랑스러웠고 어느 누구보다 훌륭하고 현명한 분이라는 걸 알기에 창피하다는 생각 따윈 하지 않았습니다. 지금까지 잘 자라온 아들이 된 지금도 어머니는 당신의 존재를 감추고 싶어 하십니다. 그러나 저는 어머니를 존경하고 사랑합니다. 뭐라고 표현할 수 없을 만큼 온갖 손짓 발짓 몸짓으로 표현을 다해 어머니에게 감사하고 사랑한다고 말해주고 싶습니다.

어머니께서 "대견하다. 성격 또한 모난 곳 없이 물 흐르듯이 정연하고 맑고 깨끗하게 자라 주었으니 주님의 은총이다. 엄마가 더 이상 무엇을 바라겠느냐"라고 써서 부대로 보내주신 편지가 생각납니다.

어머니, 사랑하는 어머니. 이제 전역할 날도 얼마 남지 않았습니다. 제가 예전에 말씀드린 것 기억하실 겁니다. 이다음에 제가 결혼하게 될 여자는 아무리 예쁘고 돈 많고 능력 있어도 어머니에게 제일 우선적으로 잘 해야 결혼을 할 것이라고 말씀드렸던 것. 그때나 지금이나 제 마음은 변함이 없습니다. 큰 성공은 아닐지라도 늘 웃음 잃지 않는 가정을 꾸려서 어머니 모시고 하늘에 계신 아버지도 환하게 웃으실 만큼 행복하게 살 겁니다.

12월에 휴가를 나가게 됩니다. 그때는 꼭 어머니를 안아 빙글빙글 돌며 사랑한다고 크게 외쳐보려 합니다. 눈시울이 붉어지기 싫어 빨리 펜을 놓겠습니다. 다시 보는 그날까지 몸조리 잘 하시고 부디 아프지 마시고 건강히 계십시오. 어머니 사랑합니다. 하늘만큼 땅만큼 사랑합니다.

2008년 가을의 문턱에서

아들 상욱 올림

천사 같은 어머니에게

어머니!

그러고 보니 시간 참 빠르죠? 불량청소년으로 낙인 찍힐 뻔했던 학창 시절과 울고 불며 어머니의 소원이라며 대학교까지 가는 걸 보고 싶다는 말과 함께 안양과학대 요리과 지원을 하고, 생계유지가 힘들어 휴학계를 내고 돈을 벌기 시작했죠.

그러고서 군 면제를 알아보려 했지만, 어머니께서 10여 년 동안 한푼 두푼 아끼며 집 마련했다는 이유로 군 면제를 받지 못하고 군대를 다녀 왔습니다.

눈 딱 감고! 그런데 시간 참 빠르던데요? 매번 어머니는 "아빠가 없어서 상욱이가 걱정이야…" 하셨는데, 이제는 걱정 안 하셔도 됩니다. 어머니, 저 이래 봬도 제가 존경하는 어머니의 자랑스러운 아들 박상욱입니다.

군대 가기 전 아빠가 뇌졸중으로 돌아가셨을 때 다짐했죠. 어머니는 내가 책임진다고. 그리고 군 전역하자마자 바로 일자리를 알아보던 중 LG U+라는 곳으로 2009년도에 입사했죠. 미친 듯이 일했습니다. 악착같이 욕심내면서 일했습니다. 어머니는 모를 거예요. 말단 판매사 시점으로 10개월 만에 FM이라는 영업과장으로 진급하고 1년 2개월 만에 점장으로 발령 났습니다. 그리고 우수 점장으로 불릴 만큼 능력도 갖추고 있습니다.

요즘 어머니는 모임에서 아들 자랑할 때마다 "우리 아들 LG 점장이야." 라고 하신다죠? 그리고 자랑거리가 생겨 제일 행복하다고 하셨죠? 뚜렷한 목표를 달성하려고 열정과 의지로 가득 차 있는 어머니의 아들이니 지켜보셔도 될 것 같습니다.

어머니는 늘 그러시죠. "상욱아, 항상 자만하면 안 된다. 겸손해야 한다. 잘 한다고 해서 절대 누굴 비웃거나 무시하거나 거만한 행동 해서는 절대 안 된다. 명심해라."

감사합니다, 어머니. 비로소 지금에야 어머니의 아들 상욱이가 존재하는 것 같습니다. 제가 앞으로 배우고 투자하고 살아가는 인생에 있어 성공을 했다면 천사 같은 어머니가 계시기 때문이라고 외치겠습니다. 사랑합니다. 어머니!

2016년 어느 날
상욱 올림

이연재 선배님께

날이 무척 덥네요. 손자 녀석 유아원에 데려다주고 온 것밖에 없는데 땀이 어찌나 많이 나는지 에어컨 앞에 앉아 있는데도 시원한 줄 모르겠네요.

선배님과 만날 때 저는 서른한 살이었는데, 어느새 손자를 넷 둔 할머니가 됐습니다. 선배님도 편지마을 창립모임 때 상욱이를 데리고 오셨는데, 그 상욱이도 어느새 두 아이의 아빠가 되었지요? 벌써 28년이나 흘렀습니다.

작년 겨울, 선배님이 수필집 내겠다고 원고 좀 타이핑해 줄 수 있냐고 했을 때 나는 단박에 거절했지요. 원고를 봐달라는 건 모르겠지만, 타이핑까지 해달라는 건 좀 심하다 생각했지요. 사실 그때 저도 제 수필집 원고 다듬는 중이었고, 매주 수요일마다 수필창작반에 나가서 강의하며 수강생 뒷바라지로 눈코 뜰 새 없이 바쁘다는 걸 선배님도 잘 알면서 어떻게 내게 타이핑까지 부탁하나 싶어서 사실은 좀 서운했지요. 굳이 문학적인 일이 아니더라도 좁은 아파트에서 아들 내외와 함께 살면서 손자까지 돌봐야 하는 처지인 줄 알면서 말이지요.

직설적인 제 말투에 선배님도 서운하셨겠지요. 그래도 선배님은 올봄에 재도전하셔서 그렇다면 '추천사'라도 써달라는 말씀에 결국은 제가 손들고 말았지요. 제 주제에 '추천사'는 못 쓰더라도 '축하의 편지'는 써드려야 할 것 같았고 그럴 바에는 작품을 봐야 하니 원고를 보내라 했지요. 선배님은 카톡으로 환호성을 질렀는데, 저는 그때야 선배님의 뚝심에 손들었다는 걸 뒤늦게 깨달았지요. 그래도 제가 타이핑하는 건 무리라서 아르바이트생을 구해 원고를 나눴지요.

사실 선배님 원고 타이핑하는 게 무척 힘들었습니다. 그 와중에 중랑문인협회 회장까지 맡고, 수필반은 작가반과 함께 두 반으로 늘렸고, 둘째 며느리는 입덧으로 아무것도 못 하니 집안일과 손자 돌보는 것까지 온전히 제 차지가 되었지요. 더욱이 제가 컴퓨터 앞에만 앉으면 낮이고 밤이고 손자는 '콩순이 노래'를 틀어달라고 하는 바람에 새벽 4시에나 타이핑할 수 있었지요. 아무리 아르바이트비를 받았다 해도 괜히 맡았다는 후회도 들었지만, 차츰차츰 선배님 글 속으로 빠지며 선배님에 대한 존경심과 죄송함으로 가득 차게 되었습니다.

물론 그동안 선배님이 어떻게 살아왔는지를 모르는 건 아니었지만, 늘 내게 '우리 이쁜이'라고 하면서 티셔츠, 스타킹, 극세사 잠옷 바지, 인견 여름 치마 등을 모임 때마다 슬쩍슬쩍 넣어주셔서 선배님이 그렇게 힘들게 사시는지 몰랐습니다.

상욱이 아버지께서 돌아가셨을 때 우리 편지마을회원들이 문상은 갔지만, 그토록 암울하고 슬픈 과정이 있었는지, 선배님이 귀 수술받고 소리가 약간씩 들린다고 할 때 우리는 손뼉만 쳤지, 그렇게 힘든 과정이 있었는지는 사실 잘 몰랐습니다.

모임에 와서도 잠자코 있다가 내 가방 속에 무거운 과일 몇 개 꾹 찔러 주고, 아무 일 없다는 듯 가셔서 저는 선배님이 그럭저럭 편하게 사시는 줄 알았습니다.

15년 전쯤, 우리 시어머니께서 일산 병원에 입원하셨을 때에도 선배님은 손수 만든 도시락을 갖고 오셔서 우리 가족이 감동하게 하셨죠. 지금 생각하니 선배님은 늘 제게 베푸시기만 했네요.

큰아드님 결혼시킬 때쯤, 전북 임실에 있는 김여화 선배님 댁 다녀오는 기차에서 선배님의 등단 문제로 이야기 나눠준 게 전부인 내게 선배님은 참 오랜 세월 여러 방법으로 고마움을 표시하셨네요. 사실 이번에 선배님 글을 타이핑하면서 많은 걸 배우게 된 것도 제가 선배님께 받은 은혜 중 하나이지요.

장애를 안고 살면서도 자기 삶을 개척하는 모습도 감동적이었고요, 그 중에서도 웃음을 잃지 않는 선배님 모습을 보며 제 삶에 대해 반성도 했습니다. 그리고 가장 크게 깨달은 건 제가 선배님께 진한 애정으로 보살펴드리지 못했다는 죄송함이었습니다.

효자 상욱이 덕에 와우수술을 받고 이제 선배님의 무뎠던 귀에도 바람소리가 들린다죠? 사랑하는 아들, 며느리, 손주의 웃음과 울음소리도 들린다죠? 축하합니다. 그야말로 선배님은 일생 중 가장 행복한 때를 보내고 계시는 것 같습니다. 두 아드님이 다 착하고, 선배님의 막내 상욱이는 약속대로 어머니를 모시고 살면서, 아들딸을 선물로 안겨주었으니 선배님은 앞으로 손자 손녀에 대한 사랑만 글로 써도 시간이 모자라지 않을까 싶습니다.

아무쪼록 선배님이 건강하셔서 아들, 며느리, 손자, 손녀와 함께 '살다 보니 이렇게 좋은 날도 있구나' 하시며 '찬미 예수!' 하시길 바랍니다. 선배님은 제게 편지를 보낼 때마다 편지 맨 위에 십자가와 함께 '찬미 예수'라고 쓰셨죠.

이제 선배님의 원고를 출판사에 넘겼으니 몇 번의 교정이 남았지요. 우선은 선배님 먼저 보시고, 2교는 양평 우리 집으로 오셔서 함께 보기로 해요. 아직은 시원시원 의사소통은 안 되지만, 선배님과 하룻밤을 지내며 많은 이야기 나누고 싶네요. 제가 선배님이 수필가로 탄생하는 데 조그만 힘이 되었다면 이번 책 펴낼 때에는 그래도 제법 많은 힘이 되었으면 합니다.

늘 '나를 사람 구실 하게 만들었다'고 하시는데, 이제는 그런 말씀도 하지 마시고 용기와 희망을 쓴 작가로 거듭나시어 많은 이들에게 힘이 되어주십사 부탁드려요.

편지를 쓰는 동안 땀이 많이 식었습니다. 선배님의 장한 삶에 저처럼 부족한 사람이 편지마을의 회장이라는 이름으로 '축하의 편지'를 쓴다는 게 무척 죄송하다는 생각도 듭니다. 선배님의 삶의 이야기를 거듭 읽으며 저도 열심히 사는 걸로 보답하겠습니다.

선배님, 참 고맙고 사랑합니다. 그리고 60 넘어 낳은 선배님의 첫딸, 『무딘 귀에 들려오는 바람소리』 수필집 출간을 축하합니다.

2017년 7월 21일
여러모로 많이 부족한 후배, 서금복 올립니다

무딘 귀에
들려오는
바람소리

이연재 수필집